N° 34.
10 Centimes
la livraison.

2 *Livraisons à* 10 *Cent. par Semaine.*

N° 1.
60 Cent. la Série
de 6 livraisons.

COLLECTION DES

ROMANS POUR TOUS

SERA COMPLET EN 6 LIVRAISONS A 10 CENTIMES.

PARIS
DEGORCE-CADOT, ÉDITEUR, 70 *bis*, RUE BONAPARTE

PARIS. — DEGORCE-CADOT, ÉDITEUR, 70 *bis*, RUE BONAPARTE. — IMPRIMER. NOBLET, RUE SOUFFLOT, 18.

BIBLIOTHÈQUE DES BONS ROMANS ILLUSTRÉS

Format grand in-4° par livraisons séparées à 60 centimes la série.

N. B. — Les mêmes ouvrages peuvent être demandés RÉUNIS EN UNE SEULE BROCHURE.

	fr. c.
MADAME V. ANCELOT.	
Laure, 2 séries	1 20
La Fille d'une joueuse, 2 séries	1 20
ANONYME.	
Mémoires secrets du duc de Roquelaure, 8 séries.	
1re et 2e série brochées ensemble.	
3e et 4e — — —	
5e et 6e — — —	
7e et 8e — — —	1 80
BERNARDIN DE SAINT-PIERRE.	
Paul et Virginie, 1 série	» 60
La Chaumière indienne, 1 série	» 60
ERNEST BILLAUDEL.	
Un Mariage légendaire, 1 série	» 60
Une Femme fatale, 1 série	» 60
Les Vengeurs de Lorraine, 2 séries	1 20
JULES BOULABERT.	
La Femme du Bandit, 6 séries	3 60
Le Fils du Supplicié, 3 séries	1 80
La Fille du Pilote, 5 séries	3 »
Les Catacombes sous la Terreur, 3 sér.	1 80
Les Amants de la Baronne, 3 séries	1 80
Luxure et Chasteté, 2 séries	1 20
BOULABERT ET PHILIPP ROLLA.	
La Franc-Maçonnerie des voleurs	1 80
ÉLIE BERTHET.	
L'Oiseau du désert	1 20
Paul Duvert, 1 série	» 60
L'Incendiaire, 1 série	» 60
Le Val-d'Andorre, 1 série	» 60
ERNEST CAPENDU.	
Mademoiselle la Ruine, 3 séries	1 80
Le Pré Catelan, 2 séries	1 20
Capitaine Lachesnaye, 3 séries	1 80
Grotte d'Étretat, 3 séries	1 80
JULES CAUVAIN.	
Le Voleur de Diadème	1 80
CHARDALL.	
Trois Amours d'Anne d'Autriche, 2 s.	1 20
Capitaine Dix, 2 séries	1 20
Le Bâtard du Roi, 2 séries	1 20
Les Jarretières de madame de Pompadour, 2 séries	1 20
Les Vautours de Paris, 3 séries	1 80
CHATEAUBRIAND.	
Les Natchez, 4 séries	2 40
Atala, 1 série	» 60
René, le dernier des Abencérages, 1 série	» 60
Les Martyrs, 3 séries	1 80
Le Paradis perdu, 2 séries	1 20
Itinéraire de Paris à Jérusalem, 3 séries	1 80
CHARLES DESLYS.	
Le Canal Saint-Martin, 3 séries	1 80
L'Aveugle de Bagnolet, 1 série	» 60
Le Mesnil-aux-Bois	» 60
Les Compagnons de minuit, 2 séries	1 20
La Marchande de plaisirs, 1 série	» 60
La Jarretière rose, 1 série	» 60
FABRE D'OLIVET.	
Le Chien de Jean de Nivelle, 2 séries	1 20
PAUL DUPLESSIS.	
Les Boucaniers, 5 séries	3 »
Maurevert l'Aventurier, 4 séries	2 40
Les Étapes d'un Volontaire, 5 séries	3 »
Le Batteur d'Estrade, 5 séries	3 »
DULAURE.	
Les Deux Invasions (1814-1815), avec préface de JULES CLARETIE, 4 doubles séries à 1 20	4 80
Le Crime d'Avignon, 1 série	» 60
Les Tueurs du Midi	» 60
Les Jumeaux de la Réole, 2 séries	1 20
L'Assassinat de Rodez (affaire Fualdès), 1 série	» 60
OCTAVE FÉRÉ.	
La Bergère d'Ivry, 3 séries	1 80
MARQUIS DE FOUDRAS.	
La Comtesse Alvinzi, 2 séries	1 20
A. DE GONDRECOURT.	
Les Péchés Mignons, 4 séries	2 40
Les Jaloux, 3 séries	1 80
Mademoiselle de Cardonne, 2 séries	1 20
LABOURIEU.	
L'Ouvrier Gentilhomme, 2 séries	1 20
GUSTAVE DE LA LANDELLE.	
Les Géants de la mer, 4 séries	2 40
Reine du Bord, 3 séries	1 80
Une Haine à Bord, 2 séries	1 20
HENRY DE KOCK.	
La Tigresse, 2 séries	1 20
L'Amant de Lucette, 1 série	» 60
Le Médecin des Voleurs, 4 séries	2 40
Les Baisers maudits, 1 série	» 60
Ni Fille, ni Femme, ni Veuve, 1 série.	» 60
Le Démon de l'alcôve, 1 série	» 60
La Fille à son Père, 1 série	» 60
Les Mystères du village, 2 séries	1 20
XAVIER DE MONTÉPIN.	
La Perle du Palais-Royal, 3 séries	1 20
Les Viveurs de province, 4 séries	2 40
Le Loup Noir, 1 série	» 60
Les Amours d'un fou, 2 séries	1 20
Les Chevaliers du lansquenet, 7 séries	4 20
La Sirène, 1 série	» 60
ALEXIS MEUNIER.	
Le Comte de Soissons, 2 séries	1 20
MÉRY.	
Un Carnaval à Paris, 2 séries	1 20
LE P. MAIMBOURG.	
Les Croisades, 4 doubles séries à 1 20.	4 80
GABRIEL PELIN.	
Le Pendu de Mazas, 1 série	» 60
MAXIMILIEN PERRIN.	
Le Bambocheur, 2 séries	1 20
LOUIS NOIR.	
Jean qui tue, 4 séries	2 40
Jean Chacal, 2 séries	1 20
Les Goëlands de l'Iroise, 3 séries	1 80
La Folle de Quiberon, 3 séries	1 80
Grands Jours de l'armée d'Afrique, 3 séries	1 80
Campagnes de Crimée, 6 séries à 1 fr.	6 »
Campagnes d'Italie, 3 séries à 1 fr.	3 »
VICTOR PERCEVAL.	
La plus Laide des Sept, 2 séries	1 20
ROLLA (UN OFFICIER D'ÉTAT-MAJOR).	
Crimes et Folies de l'année terrible, 2 doubles séries à 1 fr. 20	2 40
ROLAND BAUCHERY.	
Les Bohémiens de Paris, 3 séries	1 80
JULES DE RIEUX.	
Ces Messieurs et ces Dames, 2 séries	1 20
ROUQUETTE.	
Ce que coûtent les Femmes	1
ROUQUETTE ET MORET.	
Le Médecin des Femmes, 3 séries	1 80
ROUQUETTE ET FOURGEAUD.	
Les Drames de l'Amour, 2 séries	1 20
LE TASSE.	
La Jérusalem délivrée, 3 séries	1 80
DE VADALLE.	
L'Homicide d'Auteuil, 3 séries	1 80
VIDOCQ.	
Les vrais Mystères de Paris, 4 séries.	2 40

Une députation des plus jolies filles du pays lui offrait des fleurs et des fruits. (Page 10).

LA FILLE A SON PÈRE

PAR HENRY DE KOCK

PREMIÈRE PARTIE

I

LE WAGON DES REFUSÉS.

— Deux premières, s'il vous plait, pour Lagny.

— Pour Lagny, s'il vous plait, une première.

— Tiens! Duhoux!

— Tiens! messieurs Ducret et Joannès!

— Vous êtes donc à Paris, Duhoux?

— Dame! Qu'en pensez-vous, petit Joannès? A moins que je ne sois mon ombre!

— C'est juste! C'est bête ce que je dis là! mais il y a de ces bêtises qu'on dit, comme ça, par habitude!

— Une funeste habitude, petit Joannès, et dont je vous engage, dans votre intérêt, à vous défaire si vous ne voulez pas perdre dessus.

— Qu'il est mauvais, ce Duhoux! Oh! il ne se corrige pas! Quand il peut vous lâcher un coup de patte...

— Il ne vous rate pas. Que voulez-vous, petit Joannès; plus je vais en avant dans la vie et plus je constate que la bonté, l'indulgence, la gracieuseté, y sont métiers de dupes!

— A ce compte... — Sans indiscrétion, quel âge avez-vous, Duhoux?

— Trente-huit ans à la Chandeleur, petit Joannès.

— Eh bien! avec vos principes, vous serez gentil à cinquante! on ne pourra pas vous prendre avec des pincettes.

— On ne me prendra pas, voilà tout! je ne tiens pas à ce qu'on me prenne, moi!

— Hum! hum! Vous ne disiez pas cela quand vous vous offriez, comme mari, à votre petite cousine Laurence Varillat.

— En tout cas, si ma petite cousine Laurence Varillat a refusé ma main, j'ai cela de commun avec d'autres!

— Oui, mais ces autres se sont franchement... sincèrement consolés de ce refus, eux... Tandis que vous...

— Et puis? moi?... Mais je me rends, ce me semble, en ce moment, à la noce de mademoiselle Varillat, comme vous, Joannès... et comme ce brave Ducret. Et il me semble encore que je ne porte pas plus que vous deux le moindre crêpe à mon chapeau!

— A votre chapeau, non... mais à votre cœur?... Si l'on pouvait lire dans votre cœur!

— Oh! oh! Lire dans mon cœur!... Mes compliments, petit Joannès! pour un apprenti banquier, vous avez un fier luxe d'expressions!

— En voiture, messieurs!

— En voiture, messieurs! Allons, vous continuerez de vous disputer en route.

— Nous disputer! Que dites-vous là, Ducret? Et où avez-vous vu que je me dispute avec ce bon petit Joannès! Mais je suis enchanté, au contraire, ravi de l'avoir rencontré... ainsi que vous.

— Tâchons d'avoir un compartiment pour nous seuls, messieurs, afin d'y fumer à notre aise.

— En voici un libre; montez, aimable Duhoux.

— Volontiers, petit Joannès. Là! Et fermons la portière, bien vite, pour qu'on croie que nous sommes au complet.

— Oh! pour qu'on croie! Avec cela que les gardes-freins donnent dans ces panneaux-là.

— Les gardes-freins donnent dans les panneaux comme les autres hommes, mon ami, lorsque les panneaux sont bien tendus. Quelle heure est-il? Neuf heures vingt-cinq... encore cinq minutes de patience. Aïe! une vieille dame qui reluque notre wagon! Jamais! Brrr! veux-tu te sauver, horrible douairière!... on t'en dénichera, trois beaux hommes comme nous, pour te tenir compagnie... Elle a filé! je l'aurai effrayée avec mes gros yeux! elle m'aura pris pour un descendant de Jud!

— Vos billets, messieurs.

— Voici. — Vous ne dites rien, Ducret?

— Avec vous, mon cher Duhoux, il suffit d'écouter.

— Ah! ah! Une épigramme à notre tour! Les noces poussent à la peau, à ce qu'il paraît. Soit! égratignons-nous, mes enfants; je ne suis pas ennemi de ce jeu! Ah! le coup de sifflet sacramentel! On part! on est parti! Sauvés! merci, mon Dieu! Plus de gêneurs et de gêneuses à craindre! Messieurs, me permettez-vous de vous offrir des *régalias* de choix. Puisez, ne vous gênez pas! j'en ai apporté trois paquets. On fume beaucoup aussi à la noce!... — Chut! petit Joannès! vous allez commettre un détestable jeu de mots à ce sujet, rengainez-le, au nom du ciel! Soyons méchants, bien! mais soyons méchants spirituellement... si nous pouvons! Votre opinion sur ces cigares, Ducret?

— Excellents.

— N'est-ce pas? Et la vôtre, petit Joannès? Vous riez. Votre mot qui vous remonte, malgré vous! Mon Dieu! s'il vous étouffe, délivrez-vous-en! Allez! « Il y a certaines gens qui fument... sans cigare, à certaines noces.» Gageons que c'est là ce que vous vouliez dire!

— Vous êtes vraiment trop généreux, Duhoux, quand il s'agit de prêter des niaiseries à votre prochain!... ce qui prouverait que ce n'est pas ce genre de fonds qui vous manque.

— Ah! ah! pas mal rivé, le clou, petit Joannès. Mais...

— Mais vous vous trompez, ce n'est pas le besoin de lancer le mot en question qui m'a fait rire; j'ai ri parce qu'il y a, dans notre réunion ici, quelque chose qui m'a semblé drôle. Les wagons spécialement réservés aux dames, au service administratif ou aux fumeurs, ont une étiquette... Eh bien! n'êtes-vous pas d'avis, messieurs, qu'il y en aurait une... très-juste... à mettre sur la portière du nôtre?

— Et laquelle?

— *Wagon des refusés*, parbleu! puisque nous sommes, tous trois, dans la même catégorie.

— C'est vrai! Réparation, petit Joannès; ce que vous dites vaut mieux que ce que je vous soupçonnais d'avoir envie de dire! Oui, ceci est le *wagon des refusés*... le wagon des victimes de mademoiselle Laurence Varillat, mon honorée petite cousine. Tous trois, successivement, nous avons eu à essuyer les dédains... les mépris de cette demoiselle. Et pour qui nous a-t-elle dédaignés? méprisés? Pour un garçon de rien... médiocrement beau... médiocrement intelligent! Un simple commis, qu'elle a trouvé bizarre d'aimer... et d'enrichir en l'épousant!... Un roman, quoi! un roman de George Sand mis en action! Ah! ah! Mais ce pauvre Claude Malbranche apprendra... à ses dépens... ce qu'il en coûte de devenir le mari d'une fille riche... à fantaisies! S'il est heureux dans son ménage, celui-là, je m'engage d'avance à faire frapper, à mes frais, une médaille commémorative en son honneur! Le *wagon des refusés*; oui, nous sommes *les refusés*, et, pour ma part, je le proclame à cette heure, je me réjouis d'avoir mérité les refus de mademoiselle Varillat! J'étais en délire, en démence, le jour où j'ai songé à la conduire à l'autel... comme on chante dans les opéras comiques. Pour quelques louis de plus dans ma poche, renoncer à ma chère indépendance... devenir le souffre-douleur d'une femme qui m'aurait jeté sans cesse à la tête — comme, indubitablement, Laurence fera avec Malbranche — que je lui devais tout! Allons donc! Pauvre, mais libre! Et c'est pourquoi je me promets de rire à cette noce... et de rire davantage encore après! Une joie qui nous sera commune, messieurs, comme nous a été commun l'affront. Mademoiselle Varillat se repentira d'avoir épousé Malbranche... Malbranche se repentira d'avoir épousé mademoiselle Varillat... Et ce sera leur châtiment! et ce sera notre vengeance! Du feu, s'il vous plaît, petit Joannès; mon cigare s'est éteint.

Profitant des quelques secondes de silence — grosses de réflexions — résultant, pour ses auditeurs, de la tirade de Duhoux, voulez-vous bien, lecteur, qu'en deux traits nous vous esquissions le profil des trois voyageurs faisant partie du *wagon des refusés*? Volontiers, n'est-il pas vrai? On aime assez à savoir à qui l'on a affaire.

Premier voyageur : Firmin Duhoux; trente-huit ans;

— il nous l'a dit lui-même, son âge ; — grand, maigre, le teint jaune, bilieux, les lèvres pincées, les yeux couverts; dans ces yeux, un mauvais regard; à demeure, sur ces lèvres, un mauvais sourire... Si Firmin Duhoux était méchant, — et il l'était,— il ne fardait pas sa marchandise; pour peu qu'on fût observateur, il n'y avait qu'à l'étudier cinq minutes pour être convaincu qu'il ne valait pas cher.

Second voyageur : Ernest Joannès; vingt-sept ans; ni grand ni petit, ni beau ni laid; de ces têtes dont on ne dit rien. Comme caractère : sans caractère ; mais disposé plutôt, d'instinct, au bien qu'au mal, au rire qu'aux larmes.

Troisième voyageur : Armand Ducret; trente ans; très-beau, très-distingué. Comme caractère... Son caractère, à celui-là, vous le connaîtrez plus tard. Armand Ducret devant jouer un rôle important dans notre récit, ce rôle, en se développant sous vos yeux, vous édifiera tout naturellement sur l'homme.

Mais quand et où se passait l'entretien de ces trois personnages? Quand? le 28 juin 1864. Où? à la gare d'un chemin de fer, d'abord, puis en wagon, vous le savez. Mais quelle gare? quel chemin de fer? Ces messieurs vous ont bien dit qu'ils allaient à Lagny, mais vous n'êtes pas forcé de connaître Lagny.

Eh bien ! cher lecteur, instruisez-vous : c'est à la gare du chemin de fer de l'Est que ces messieurs s'étaient rencontrés; le chemin de fer de l'Est, sur le parcours duquel se trouve, à sept lieues de Paris, dans le département de Seine-et-Marne, la petite ville de Lagny, siége d'une châtellenie et d'un gouvernement particulier au moyen-âge, et qui servait aussi, alors, de poste avancé à Paris ; ce qui lui procura l'agrément d'être trois ou quatre fois pillée et brûlée... notamment, en 1358, par les Anglais... en 1420, par Jean sans Peur... en 1544, par le comte de Lorges, à la suite d'une révolte qu'il châtia au moyen d'une incroyable perfidie... et, enfin, en 1590, par le duc de Parme.

Et, sur ce, si vous le permettez, lecteur, je ferme la parenthèse, et je rentre avec vous dans le *wagon des refusés* où la conversation a repris son cours.

Ce fut Ernest Joannès qui répliqua à Firmin Duhoux.

— Jusqu'ici, du reste, comme on a pu le remarquer, Armand Ducret ne s'était mêlé que d'une manière insignifiante à la causerie... Une habitude, émanant d'un principe, chez cet homme : il parlait peu et écoutait beaucoup.

— Mazette ! s'exclama Joannès, tandis que l'orateur ravivait au sien son cigare mort, vous n'êtes pas tendre envers mademoiselle Laurence Varillat et ce pauvre Claude Malbranche, Duhoux ! Ils se repentiront de s'être mariés... et ce sera leur châtiment, et ce sera notre vengeance! Je n'en demande pas tant, moi ! Une femme peut très-bien m'avoir répondu qu'elle ne se souciait pas d'être mienne sans que, pour cela, je la voue, de toute éternité, aux dieux infernaux ! Non! je n'ai pas la corde du ressentiment si tendue que vous, mon cher... et je m'en fais gloire!

Duhoux haussa les épaules.

— Qu'est-ce que cela prouve? dit-il; que vous n'êtes pas plus capable de haïr que d'aimer !

— Vous aimiez donc votre cousine, vraiment?

Duhoux hésita. L'aveu lui coûtait. Enfin, il s'y résigna.

— Eh bien! oui, là, repartit-il, je l'aimais! je l'ai vue naître, grandir; je puis dire que, depuis qu'elle est au monde, je ne lui ai épargné ni mes soins, ni mes attentions... Et, en agissant de la sorte, je le confesse, je me berçais de la douce illusion qu'elle comprendrait, avec l'âge, combien elle m'était chère et comment il lui serait facile de me tenir compte de cette affection!

— Mais a-t-elle jamais fait quelque chose qui vous encourageât dans cet espoir?

Duhoux hésita derechef.

— Non! dit-il, comme à regret.

— Et, pour leur part, son père, sa mère, vous ont-ils jamais donné à entendre que vos soins, vos attentions, pussent être... un jour... récompensés selon vos désirs?

Duhoux eut un nouveau mouvement d'épaules.

— Ah! bien, oui, son père, sa mère! s'exclama-t-il; d'aimables gens; encore! Le père, monsieur Léopold Varillat, un lourdaud qui se figure avoir la science infuse parce qu'il a gagné quelques écus!

— Si elle n'est pas absolument... infuse, c'est au moins, vous le reconnaîtrez, une science estimable que celle qui consiste à créer une excellente maison et à en tirer une trentaine de mille livres de rentes.

— Eh! si Léopold Varillat m'eût écouté, sa maison vaudrait aujourd'hui le double de ce qu'elle vaut! Ce n'est pas trente, c'est soixante, c'est cent mille livres de rentes qu'il posséderait à cette heure! Parbleu ! moi aussi je suis commerçant, comme Varillat! comme Varillat je vends du drap... puisque je suis le représentant d'une maison qui, si elle n'est pas supérieure à la sienne, lui est certainement égale; par conséquent, j'étais à même de lui donner d'utiles conseils tendant à l'accroissement de sa prospérité!

— Si ces conseils sont bons, pourquoi n'en avez-vous pas fait profiter la maison à qui vous appartenez?

— Qu'ai-je besoin d'enrichir des étrangers? Je pouvais rêver la fortune quand je supposais qu'un ami, un parent, mon associé, en bénéficierait avec moi... Varillat m'a repoussé... Varillat n'a pas voulu de moi pour son gendre, son bras droit, son *alter ego*... Varillat a brisé mon avenir.... je n'ai pas le courage d'être ambitieux!

— Mais si Varillat n'a pas voulu de vous pour son gendre, c'est que sa fille n'a pas voulu de vous pour son mari... donc ce n'est plus à lui qu'il faut vous en prendre!

— Si! parce que c'est lui qui a mal élevé Laurence, en affectant de lui laisser trop tôt son libre arbitre! Comme si, je vous le demande, une fille qui n'a rien vu, qui ne sait rien, était capable de se gouverner et de gouverner les autres! Mais, enfant, sous prétexte qu'elle avait une propension à lui ressembler au moral, c'est-à-dire parce qu'elle était déjà entêtée comme une petite mule, Varillat gâtait Laurence; avec le temps, s'appuyant sur cette sottise, qu'un tas de flatteurs lui ont cornée aux oreilles, que... mademoiselle était bien *la fille à son père*, Varillat s'est complu à trouver superbe tout ce que disait et faisait mademoiselle !... Comment donc, mais, en quoi et sur quoi que ce soit, il la consulte comme un oracle. Sa femme est un zéro dans la maison, mais sa fille !... Ah ! ah !... Il n'achèterait pas, Dieu me pardonne! une paire de gants, sans avoir réclamé, au préalable, son assentiment sur la couleur !

— S'il l'a consultée quant au choix d'un mari, il n'a pas eu tort... car cela la regardait... un peu !

— Cela la regardait... Alors, vous êtes d'avis qu'elle a été mieux avisée d'épouser M. Claude Malbranche... un commis de son père... que... que vous, qui êtes appelé, au premier jour, à avoir une brillante position... ou que Ducret, qui en a déjà une toute faite, lui !... ou que...

— Vous, qui — si Varillat vous eût écouté — doubliez, tripliez, quintupliez ses capitaux !

— Oui ; renforcé d'un homme d'argent, j'eusse accompli des prodiges commerciaux.

— Je ne le nie pas; mais, enfin, mon opinion, puisque vous la sollicitez, c'est que... la question d'argent n'est pas tout, pour une femme, dans le mariage, et que si mademoiselle Varillat a épousé Malbranche parce qu'elle l'aime, il n'y a point à l'en blâmer; et que son père a été bien inspiré également en lui permettant de se marier à sa guise. D'ailleurs, de quoi vous plaignez-vous, mon bon Duhoux? Vous disiez, il n'y a qu'un instant, que ce mariage ne serait pas heureux... d'où votre vengeance! Qui vivra verra ! Quand Malbranche et sa femme plaideront en séparation, vous vous frotterez les mains, si le cœur vous en dit toujours. Jusque-là, croyez-moi : rengaînez vos sinistres pronostics; faites bonne mine, aujourd'hui, aux nouveaux époux !

— Eh! qui vous parle de leur faire mauvaise mine! Encore une fois, me jugez-vous si stupide que de montrer jamais à Laurence que je la regrette ?

— Ah ! vous la regrettez donc, décidément ! Et votre *chère indépendance* que vous vous félicitiez si fort d'avoir conservée, vous ne vous en souciez donc plus?

— Vous m'ennuyez, Joannès ! il est impossible de causer sérieusement avec vous!

— Menteur ! c'est justement parce que je suis sérieux que je vous ennuie. Et parions que Ducret...qui ne dit rien, mais qui n'en pense pas moins, partage mon sentiment ! N'est-il pas vrai, Ducret, qu'il est maladroit, parce qu'on n'a pas pu mordre à une pomme, de jalouser celui qui la croque?

Le personnage interpellé fixa tour à tour un regard ironique sur chacun de ses compagnons, puis :

— Ne vous en déplaise, messieurs, répondit-il froidement, je ne blâme pas ceux à qui il convient, comme passe-temps, de vider leur conscience, mais, pour mon compte, j'ai horreur de ce divertissement. Vous ne vous étonnerez donc pas que je garde pour moi ce que je pense... de ce que pense chacun de vous. Nous voici à Lagny, au surplus, et, pendant le court trajet qu'il nous reste à faire, à pied, jusqu'à la villa de M. Varillat, sauf meilleur avis, j'estime qu'il serait intelligent de votre part de varier de sujets de conversation.

II

CAUSERIES AVANT LA NOCE.

La propriété de M. Varillat était, en effet, située non pas à Lagny même, mais à 2 kilom. environ au-dessus, en remontant la Marne, sur le territoire du petit village d'Annet. C'était une très-élégante et très-confortable habitation ; une sorte de petit château moderne, s'élevant au milieu d'un vaste parc. Varillat avait acquis cela à fort bon marché, relativement, — cent mille francs, — d'un ancien notaire qui l'avait acheté, lui-même, pour s'y retirer avec sa femme. Mais au bout de deux ans de séjours aux *Tilleuls*, comme on appelait, dans le pays, cette propriété, à cause de nombreux et magnifiques arbres de cette espèce dont le parc était planté, — madame la notairesse s'y était souverainement déplu. Elle était jeune encore, il ne lui convenait pas de s'enterrer à tout jamais à la campagne. Furieux, — car il s'y trouvait très-bien, lui, — le notaire s'était immédiatement résolu à se défaire à tout prix d'une demeure où il avait espéré finir ses jours. Varillat était de ses amis ; depuis longtemps, Varillat désirait goûter de la villégiature... Il était riche... Bref, au moment où nous en sommes, c'était la troisième année que le marchand de draps, devenu le seigneur châtelain des *Tilleuls*, y résidait. Une résidence qui ne se prolongeait d'ailleurs pas au-delà de sept mois chaque année; du 1er avril au 31 octobre. Encore, deux fois par semaine, régulièrement, — pendant ces sept mois, et toujours jusqu'au moment où nous en sommes, — Varillat ne manquait-il pas de se rendre à Paris pour donner à ses magasins, à ses bureaux, le coup d'œil du maître. Un soin dont il allait bientôt être dispensé.

Mais n'anticipons pas.

Onze heures sonnaient. Le salon des *Tilleuls* regorgeait de monde ; des parents, des amis, débarqués, quelques-uns, — les plus intimes, — dès la veille, à la villa, où on leur avait préparé des chambres ; d'autres, le matin, par le premier convoi. La série n° 1 des invités. La série n° 2, conviée seulement au bal, ne devait arriver que le soir.

La cérémonie officielle, c'est-à-dire le mariage à la mairie, avait lieu à midi ; à midi et demi on célébrerait le mariage à l'église. En attendant, pour faire patienter ces dames et ces messieurs, on leur avait offert une collation — des gâteaux arrosés de vin de Madère — à laquelle présidaient Varillat et son gendre Malbranche.

Varillat, un grand gros gaillard de quarante-deux ans, au plus, — il s'était marié à vingt-deux, — à la figure ronde et fraîche. Trop fraîche, peut-être, pour un homme; trop rose ! Mais au coloris habituel de ses traits se joignait, ce jour-là, une telle expression de bonheur, qu'il eût fallu être bien mal disposé pour ne pas les trouver agréables. Le bonheur embellit, assurément. Et l'on ne rencontre peut-être tant de gens laids, sur terre, que parce qu'il y a peu de gens heureux !

Claude Malbranche, la miniature, la *réduction*, au

physique, de son beau-père. La statuette après la statue. Petit, mais rond aussi, frais et blond aussi; aussi doué d'une physionomie franche, ouverte, et en ce moment radieuse à jurer que le paradis s'y reflétait.

— Allons, Drugeon, encore un verre de madère!

— Volontiers!... Un nectar, que votre madère, Varillat!... Où le prenez-vous?

— A Madère même, mon cher. Pour être bien servi, j'ai toujours pensé qu'il valait mieux s'adresser au bon Dieu qu'à ses saints. On m'expédie mon madère de Funchal, la capitale de Madère, comme on m'expédie mes cigares de la Havane, de la Havane directement. Ça me revient plus cher, mais au moins je suis sûr de ce que je bois et de ce que je fume. Madame Dupuis, un gâteau? Claude, fais donc circuler les assiettes de gâteaux, mon ami.

— Oui, père.

— Oh! merci, merci, monsieur Malbranche... mais si vous nous étouffez, nous ne pourrons plus assister à votre noce!...

— Bah!... il faut traverser le parc pour gagner la mairie et l'église, la marche aide à la digestion!

— Monsieur Varillat?

— Madame Drugeon?

— Madame Roussel veut que ceci soit une talmouse... qu'est-ce que c'est, à votre sens?

— A mon sens!... Oh! oh! c'est que je ne suis pas très-ferré sur l'espèce de gâteaux, moi!... Enfin, oui... je pencherais à croire que ceci est une talmouse...

— Ah!.. vous pencheriez! Eh bien, pour moi, c'est un éclair.

— Eh bien, si pour vous c'est un éclair, mangez-le comme un éclair, chère madame Drugeon.

— Eh!... Varillat, un mot, je vous prie.

— Dites votre mot, Drugeon.

Drugeon se pencha à l'oreille du châtelain.

— Et votre cousin Duhoux? Est-ce que?...

— Est-ce qu'il ne va pas venir? Si fait! Il va arriver dans quelques minutes, sans doute. Je lui ai écrit il y a dix jours, à Marseille, où il se trouvait, pour lui annoncer le mariage de Laurence et l'y inviter.

— Bon! bon! Je vous demandais cela parce que...

— Parce que vous ne le voyez pas encore. Explication du logogriphe, mon ami: Duhoux m'ayant, comme vous savez, jadis, manifesté l'envie d'épouser ma fille... envie qui n'a souri ni à ma fille ni à moi... Laurence et moi nous n'avons point jugé convenable de le posséder... prématurément, à cette fête. Et nous avons agi de même à l'égard de MM. Joannès et Ducret qui avaient également souhaité — vous le savez encore — d'entrer dans la famille. Ces messieurs assisteront à la cérémonie... au dîner... au bal... rien de plus juste! Car, en résumé, ce sont d'aimables garçons; — Ducret et Joannès surtout; — mais, vous concevez, ils seraient venus comme vous et votre femme, par exemple, dès hier, aux *Tilleuls*, cela aurait gêné Laurence et Claude.

— Oui, oui... Faut des prétendus remerciés, pas trop tôt n'en faut!

— Faut des prétendus remerciés, pas trop tôt n'en faut, vous l'avez dit, Drugeon. Si ces messieurs aimaient vraiment un brin Laurence, il était plus qu'inutile, il était cruel de les obliger à la voir vingt-quatre heures à l'avance, toute joyeuse, près de son futur, sur le point de devenir son mari. Et, tenez, comme on parle du loup... Chut! Drugeon!...

— Muet comme un verre vide!...

MM. Duhoux, Ducret et Joannès entraient, en effet, à cet instant, dans le salon. Varillat courut à eux, les mains ouvertes. Joannès en serra une, Ducret en serra une autre, puis, après échange de politesses, ils se perdirent dans la foule. Duhoux s'était composé un visage de circonstance. Malgré ses efforts, cependant, quelque chose d'amer perçait sous son aménité de commande. A son tour, il pressait la main de Varillat.

— C'est gentil à toi d'être venu! dit celui-ci.

— Doutais-tu que je vinsse?

— Non!... Cependant... si, par mésaventure, tes affaires t'avaient retenu!...

— Il n'y a pas d'affaires pour moi lorsqu'il s'agit d'être témoin de la félicité de ma chère petite cousine.

— Trop aimable!

— Mais.. où donc est-elle?

— Laurence?... Dans son appartement, avec sa mère et ses demoiselles d'honneur. On achève de l'habiller.

— Eh! mais, j'aperçois notre époux fortuné! Bonjour, mon cher Claude...

Claude Malbranche avait salué MM. Ducret et Joannès; à l'instar de son beau-père, il accepta la *cordiale* poignée de main du cousin Duhoux.

— Un beau jour, hein! continua celui-ci.

— Le plus beau jour de ma vie!... répliqua, d'élan, Claude.

— Avec cela, reprit le cousin, que le temps est splendide!... l'air tiède... Pas un nuage au ciel!... Pourtant, en venant de Lagny ici, le long de la rivière, avec MM. Ducret et Joannès, j'ai remarqué que les hirondelles voltigeaient à la surface de l'eau... N'est-ce pas présage d'orage quand les hirondelles rasent l'eau de leurs ailes?

Claude se prit à rire.

— Ma foi! je n'en sais rien, repartit-il, mais, ce que je sais, c'est que, quand il tomberait aujourd'hui des hallebardes, je ne m'en désolerais guère!...

— Pardon! pardon! s'écria Varillat, mais je m'en désolerais, moi, parce que nous ne pourrions pas danser sur l'herbe, comme il est convenu

— Ah! l'on dansera sur l'herbe! s'exclama Duhoux. Ah! ah! une noce champêtre!... Ce sera piquant!... Mais les nuits sont fraîches encore, en juin, tu n'as pas songé à cela, Léopold? Tes invités s'enrhumeront!

— Eh bien! ceux de mes invités qui redouteront les coryzas mettront des bonnets de coton... j'en ai acheté tout exprès cinq douzaines à cette intention... tu peux en retenir un tout de suite, Firmin.

— Ah! ah! toujours plaisant, ce Léopold! Et est-ce que vous en mettrez un aussi, vous, Claude, un bonnet de coton, pour danser? Oh! non, n'est-ce pas? Si tôt, cela effaroucherait votre femme!

Claude ne répondait pas. Son beau-père répondait pour lui.

— Non, dit-il sur le même ton railleur employé par Duhoux, Laurence n'est pas si facile que cela à effaroucher... avec les gens qu'elle aime. Claude pourrait donc se coiffer devant elle comme il lui plairait. Quant à toi, c'est différent, mon pauvre Duhoux, si tu risquais en sa présence la coiffure susdite, je ne te garantirais pas le même succès!

Duhoux se mordit les lèvres. Il allait riposter.

— Va donc, Claude, reprit vivement Varillat en poussant le jeune homme, va donc voir si ta femme est prête... l'heure s'avance.

Et se tournant, les sourcils froncés, vers son cousin, tandis que son gendre s'éloignait:

— Ah çà! dis donc, toi, fit le marchand de draps, est-ce que tu vas commencer à nous débiter des impertinences?...

Duhoux pâlit.

— Des impertinences! balbutia-t-il, mais... au contraire... c'est toi qui...

— Assez! interrompit net Varillat; je t'ai invité à la noce de ma fille, parce que j'ai jugé qu'il serait impoli de ma part de ne pas le faire; mais je t'avertis que je ne te permettrai pas de t'y poser en buisson d'épines!...

— Mais...

— Mais, s'il t'est trop pénible... bien que tu en dises... d'être témoin de la félicité de Laurence... il n'y a pas de gendarmes ici pour te contraindre à ce martyre. En tout cas, je te le répète... pour rien au monde, aujourd'hui, je ne me sens d'humeur à souffrir... à mon adresse ou à celle des autres... tes coups de boutoir. A bon entendeur, salut!

Varillat avait tourné le dos à Duhoux.

— Va! murmura ce dernier en suivant d'un regard haineux son cousin, écrase-moi de tout ton poids... lingot vivant!... Mais si le ciel est juste, j'aurai ma revanche!... Et maintenant, puisque, comme le dit... si ingénieusement... monsieur Crésus, il n'y a pas de gendarmes pour m'y retenir, resterai-je à cette noce maudite?... Me condamnerai-je à voir cette insolente fille... la bien nommée, *la fille à son père*, se pavaner aux côtés de son petit jocrisse de mari?...

Duhoux se consultait, lorsqu'il se produisit un mouvement dans le salon, provoqué par l'éblouissante apparition de Laurence et de sa mère. Laurence, tout de blanc habillée; — le costume de rigueur; — sa mère, habillée tout de bleu.

Et, en vérité, si la jeune fille méritait d'être acclamée pour sa beauté, sa grâce, son élégance, sa mère, par les mêmes motifs, avait droit à l'admiration générale. Agée de trente-six ans, — le double de l'âge de Laurence, — Caroline Varillat en portait à peine trente. Brune, comme sa fille, comme sa fille elle était grande et mince, comme sa fille encore elle avait la coupe de figure la plus adorable, la plus délicieuse tournure. La seule différence qui existât dans leurs charmes... dans certains de leurs charmes... c'était que chez celle-ci ils étaient—comment dirons-nous? — plus... accusés... que chez celle-là... Laurence, — la comparaison a beaucoup servi, en pareil cas, mais cela prouve sa justesse, — Laurence, c'était la fleur en bouton; sa mère, c'était la fleur épanouie.

— Les deux sœurs! s'exclama galamment un des invités. Laquelle est-ce qui se marie?

Madame Varillat rougit à ce compliment. Sa fille en sourit, fière et joyeuse.

— Il est certain, dit Varillat, en s'inclinant avec un sérieux comique devant sa femme, il est certain que vous êtes fièrement réussie aujourd'hui, madame!...

Et comme elle répondait par une petite moue à ces paroles de son mari:

— Ah! tant pis! poursuivit ce dernier, c'est bourgeois, c'est petit monde, de dire... devant tous... à sa femme, qu'on la trouve jolie... mais nous sommes entre amis, entre parents... nous sommes à la campagne. Je le répète donc, madame ma femme, vous êtes fièrement réussie aujourd'hui!

On riait autour de M. et madame Varillat, l'un s'extasiant ainsi devant l'autre, toute honteuse de ce luxe d'adoration conjugale. De son côté, Laurence ne chômait pas non plus d'éloges... Mais, de tous, celui qui lui fut le plus cher, fut celui qui employa, pour s'exprimer, la forme la plus simple, et, dans sa simplicité, la plus vraie. Comme pétrifié d'abord à la vue de sa belle future, Claude, à son tour, s'était enfin approché d'elle.

—Suis-je à votre goût, monsieur? lui dit-elle tout bas.

— Oh! que je vous aime! murmura-t-il.

Une réponse qui ne répondait pas du tout à la question, n'est-ce pas? Eh bien! sans doute Laurence trouva qu'elle y répondait parfaitement, car elle en remercia Claude du regard le plus tendre.

— Ma chère petite cousine, voulez-vous recevoir mes humbles civilités?

Ceci, c'était Duhoux qui le distillait; Duhoux qui, paraîtrait-il, s'était décidé à rester à la noce.

— Bonjour, mon cousin, repartit Laurence.

Presque en même temps, Joannès et Ducret saluaient la jeune fille.

— Bonjour, monsieur Joannès, dit-elle gaiement au premier.

Le second dut se contenter d'une froide inclination de tête.

— Midi moins un quart! En route, mesdames et messieurs! cria Varillat.

On descendait du salon dans le parc.

— Eh! eh! dit Duhoux à Ducret, avec lui demeuré en arrière, comme moi, je crois, mon cher Armand, vous n'êtes guère bien dans les papiers de mademoiselle Laurence Varillat... bientôt madame Claude Malbranche! Ah! elle ne s'est pas ruinée en révérences à notre profit! Elle ne nous pardonne pas, cette demoiselle, d'avoir voulu d'elle pour femme!

Armand Ducret considéra, une seconde, son interlocuteur en face, et, d'une voix stridente:

— Vous êtes méchant, Duhoux, dit-il; c'est bien; mais vous êtes bavard aussi... c'est mal. Les bavards se nuisent presque toujours à eux-mêmes.

LA FILLE A SON PÈRE

PAR HENRY DE KOCK.

Monsieur et madame Claude Malbranche, le lendemain de leur mariage.

Duhoux écoutait, surpris.

— A quel propos ces observations philosophiques? répliqua-t-il.

Ducret se mit à rire, comme il riait: presque sans desserrer les lèvres.

— Connaissez-vous, reprit-il, ce proverbe: *All is not lost that is delayed?*

— En français: *Ce qui est différé n'est pas perdu.* Sans doute! Et puis?

— Et puis... Allons voir monsieur Claude Malbranche épouser mademoiselle Laurence Varillat, parbleu! puisque nous sommes ici pour voir mademoiselle Laurence Varillat épouser monsieur Claude Malbranche!

Sur ce, sans se retourner, Armand Ducret quitta le salon.

— Tiens! tiens! fit Duhoux, tout en se donnant un coup d'œil approbateur dans une glace; tiens! tiens!

III

LA NOCE.

Du perron des *Tilleuls*, dix minutes suffisaient pour gagner, en traversant le parc, une grille ouvrant sur la place du village d'Annet. La grand'place où se dressaient, face à face, la mairie et l'église.

Une idée de *la fille à son père*, cette promenade nuptiale sous la feuillée.

Quinze jours à l'avance, Varillat avait commandé une douzaine de calèches, munies de leurs cochers et valets de pied, pour transporter la noce où que de droit. Mais, le matin, à son lever, voyant le ciel bleu, le soleil brillant, Laurence s'était écriée:

— « Pourquoi n'irions-nous pas à pied, par le parc,

à la mairie et à l'église? Tous ensemble, ce serait bien plus agréable que séparés, forcément, en voiture.

— Assurément, ce serait plus agréable! avait répliqué Varillat.

— Mais, avait objecté madame Varillat, dans ta toilette de mariée, mon enfant, avec ton voile de dentelles, tes bottines de satin, ne redoutes-tu pas...

— Quoi donc, mère? Quelques grains de poussière sur mon voile, quelques gouttes de rosée sur mes bottines?

— Assurément, avait repris Varillat, quelques gouttes de rosée et quelques grains de poussière ne sont pas un obstacle! Nous irons à pied, c'est entendu!

Une idée charmante, somme toute, que celle de Laurence, et qui n'encourut qu'un blâme... discrètement émis à l'oreille du petit Joannès par le grand Duhoux.

— Il ne nous manque plus qu'un violonneux en tête pour ressembler à une noce de paysans! dit-il.

— Eh! mais, répondit le petit Joannès, le violonneux y serait que cela ne me révolterait pas! Je ne méprise pas le violonneux, moi!

Ce qu'il y a de positif, c'est que ce trajet de douze minutes sur le sable fin d'une allée ombragée de grands arbres, bordée de massifs odorants, ne parut long à personne, — Duhoux excepté, toujours.

M. Sosthène Malbranche, un vieil oncle du marié, et son unique parent, — Claude Malbranche était orphelin, — donnait le bras à Laurence. Venaient ensuite le marié et sa belle-mère, puis le beau-père et la première demoiselle d'honneur, — une gentille fillette de quinze ans. Puis... puis tout le monde, parents et parentes, amis et amies.

De temps en temps Laurence faisait halte, avec son cavalier, pour adresser un mot à son père, à sa mère, à mademoiselle Mathilde, sa demoiselle d'honneur, pour écouter une fauvette, une mésange qui fredonnait dans un buisson. On avançait, mais lentement.

— Si cela continue, nous arriverons demain! murmurait Duhoux.

Duhoux s'abusait; on arriva le jour même, à heure dite.

Quand, à la petite grille, — qu'un jardinier parti en éclaireur avait ouverte, — se montra la jolie mariée, des cris joyeux jaillirent d'un groupe de villageois et de villageoises rassemblés devant la mairie.

Une députation des plus jolies filles du pays l'attendait pour lui offrir des fleurs et des fruits.

— Les v'là! les v'là! crièrent cinquante voix. Vive madame Claude Malbranche! Vive monsieur Claude Malbranche! Vivent monsieur et madame Varillat!...

Un détail oublié dans notre récit: — une idée à Varillat, celle-là. — Le jour où sa fille se mariait, le seigneur des Tilleuls avait voulu qu'une Annettoise, par lui dotée, et très-convenablement, ma foi! — de quatre mille francs, — épousât un Annettois. L'Annettoise s'appelait Madeleine Duru; l'Annettois, Jacques Pivot. C'étaient la famille Pivot et la famille Duru qui, en attendant leur tour de se présenter devant M. le maire et devant M. le curé, acclamaient les généreux bourgeois. Laurence tendit, en passant, la main à Madeleine, une bonne grosse fille de vingt ans; Claude en fit autant à Jacques...

— Après vous, s'il en reste, *messieur* et dames, dit facétieusement Jean Duru, le père de Madeleine.

— Il en restera, espérons-le! répliqua en riant Varillat.

Duhoux, qui ignorait — comme vous-même l'ignoriez il y a une vingtaine de lignes, lecteur, — la cause de cette espèce d'ovation rustique, interrogea à son sujet M. Drugeon, un des amis de son cousin.

— Qu'est-ce que cela signifie? demanda-t-il. Pourquoi cette noce de paysans s'occupe-t-elle de la nôtre? Varillat aurait-il décrété une distribution de vins et de saucissons en l'honneur du mariage de Laurence?

— Il a fait mieux, répondit M. Drugeon.

Et il expliqua tout à Duhoux.

— Mais c'est tout bonnement princier! reprit celui-ci. Ah! le cousin a doté mademoiselle Madeleine Duru!... Je compte bien qu'on va insérer demain ce fait divers dans le *Figaro*! Eh! eh! allons! au premier jour, nous verrons Varillat membre du conseil municipal d'Annet! Après la richesse, les dignités!

Duhoux raillait, et, en réalité, il n'y avait rien de ridicule dans la pensée de ce père créant deux heureux en réjouissance de son bonheur et de celui de son enfant. Mais il est si facile de se moquer... surtout de ce qu'on n'est pas capable de comprendre!

M. le maire d'Annet — M. Gogois, vigneron — était à son poste, le nez rouge et le ventre ceint d'une écharpe tricolore toute neuve. Laurence et Claude avaient répondu: « Oui, » un « oui » bien accentué, bien sonore, aux questions officielles de M. le maire. A M. Jacques Pivot et à mademoiselle Madeleine Duru, à présent, d'articuler le mot sacramentel tandis que la noce des bourgeois s'acheminait vers l'église... une petite église bien simple, bien modeste!... Mais Dieu est partout où on le prie du fond de l'âme. Le curé — qui avait reçu aussi son présent du château: une magnifique chasuble, — le curé fut éloquent sans être fatigant. *Rara avis.* Son discours aux nouveaux époux pouvait se résumer en deux mots qui résument tout: « Aimez-vous! » Laurence et Claude échangèrent un regard sous les mains tendues du prêtre... Ils répondirent: « Nous nous aimons, nous nous aimerons toujours. » Au sortir de l'église, où la noce villageoise allait encore la remplacer, la noce bourgeoise fut saluée, sur la place, par de nouveaux hurrahs. Cette fois, c'étaient les gamins et les gamines du pays qui réclamaient la dîme habituelle à leur profit, en pareille circonstance. Une pluie de pièces de dix sous jaillissant des poches de M. Varillat, de Claude, et des garçons d'honneur, satisfit, au-delà de leurs vœux, et gamins et gamines. Ensuite, on rentra dans le parc. Alors, Claude donnait le bras à sa femme. Il était un peu pâle.

— Qu'avez-vous? lui demanda-t-elle, inquiète.

— Rien, fit-il, c'est-à-dire, — il porta la main à son front, — un peu de migraine. Je suis sujet, vous le savez, Laurence, aux douleurs névralgiques, et... les sons de l'orgue... le soleil... le grand air... le bruit des cloches... les cris des enfants... l'odeur de l'encens... Mais cela va se passer. Oh! ce serait trop niais de souffrir un jour comme celui-ci!

Madame Varillat s'approchait.

— Qu'y a-t-il ?

— Il a mal à la tête ! dit plaintivement Laurence.

— Pauvre ami ! vous allez monter avec moi, Claude. Une compresse d'eau de mélisse sur le front et quelques minutes de repos, et vous n'y penserez plus.

Varillat s'avançait.

— Qu'est-ce?

— Cela ne te regarde pas ! répliqua madame Varillat.

— Mais encore, vous avez l'air de conspirateurs, tous les trois.

— Eh bien, c'est Claude qui est indisposé, là !

— Indisposé ! qu'a-t-il ? Qu'est-ce que tu as, mon ami? En effet, tu es tout pâlot ! Ah ! tes satanées douleurs névralgiques, peut-être !

— Oui, père; mais...

— Mais il faut te reposer un moment. Diable ! ça manquerait de charme si tu étais malade aujourd'hui !

Ce qui manquait de charme, pour Claude, c'était l'empressement de tous à l'entourer, à le questionner, à le conseiller. Celui-ci opinait pour l'eau sédative, celui-là pour un bain de pieds à la moutarde. Ce n'était plus une noce, c'était une consultation de médecins. Laurence, qui lisait l'impatience sur les traits de son mari, fit un signe à sa mère.

— Venez, Claude ! dit madame Varillat. — A quelle heure se met on à table, Léopold?

— Mais... à quatre heures, ma bonne amie.

— Bien ! Oh ! nous avons plus de temps qu'il ne nous en faut pour chasser cette vilaine névralgie !

Madame Varillat emmena son gendre.

Cet incident, en dehors de son programme, avait jeté un froid sur la fête. Jusqu'au retour du marié, on essaya bien, à l'instigation de Varillat et de sa femme, de tuer le temps, les hommes en faisant une partie de billard, — une poule, — les dames et les demoiselles en se promenant dans le parc... Mais, involontairement, on se sentait gêné... contraint... Avec cela que la plupart des invités commençaient à se sentir appétit. Le déjeuner — un déjeuner dînatoire — annoncé pour trois heures, avait été, en présence de l'indisposition de son gendre, reculé de soixante minutes par Varillat. L'heure, qui s'avançait, loin de dérider les visages, les assombrissait. Qui prouvait que Claude serait guéri à quatre heures? il n'y avait pas de motifs pour que son malaise ne se prolongeât pas toute la journée !

— Eh ! eh ! disait, en ricanant, Duhoux à Joannès, une noce qui débute sous de vilains auspices ! Cet infortuné Claude !... C'est que j'ai vu des névralgies durer huit jours, moi, et ne céder qu'à des moyens excessivement violents ! Eh ! eh ! Une véritable infirmité que cette maladie-là ! Ma petite cousine a l'air très-affectée... il y a de quoi !... Et puis comme c'est divertissant, pour les invités, d'attendre !... J'ai envie d'aller dîner à l'auberge, moi, parole d'honneur !

Les petites misères de la vie humaine. — C'est le plus beau jour de sa vie; on vient d'épouser une femme qu'on aime et dont on est aimé ; on n'a plus rien à désirer ; on tient le bonheur... impossible qu'il vous échappe ! à soi le présent, à soi l'avenir ! Aïe... Tout à coup une douleur aiguë, lancinante, vous étreint les tempes, s'étendant, peu à peu, aux ramifications, du front, aux paupières supérieures, à l'aile du nez, à l'angle externe de l'œil, pour, de là, quelquefois, en remontant vers l'origine du nerf, se faire sentir aux dents, au sinus maxillaire, au voile du palais, à la luette, à la base de la langue... C'est la névralgie faciale ; une torture. La tête est incessamment secouée par des mouvements convulsifs des muscles; il lui semble qu'elle va se détacher du tronc. Oh ! mais on résistera ! Comme disait Claude à Laurence : « Il serait trop *niais* de souffrir un jour comme celui-là ! » Trop *niais*, soit, pauvre victime; mais la souffrance est plus forte que toi; malgré toi elle t'anéantit, elle t'annihile ! Il faut lui céder ! Vainement tu essaies de lutter, tu n'es plus maître même de ta pensée, qui flotte, vague, incertaine, dans ton cerveau endolori. Tes yeux ne distinguent plus rien autour de toi; un bourdonnement insupportable emplit tes oreilles. Le silence, l'obscurité, voilà ce qu'instinctivement tu réclames... Tu seras heureux plus tard ; maintenant il te faut souffrir ! Conduit, par sa belle-mère, dans une pièce écartée dont on avait hermétiquement fermé les fenêtres, et, sur les fenêtres, les volets, Claude, la tête entourée d'une compresse, reposait, depuis deux heures environ, étendu sur un canapé. Il ne dormait pas; il n'avait pas pu s'endormir; il gisait, abruti... Soudain, un bruit léger le tira de sa torpeur. On marchait dans la pièce; on s'avançait de son côté. — Sa belle-mère qui venait s'informer de son état. On se pencha vers lui... Un souffle embaumé rafraîchit son visage.

— Eh bien?

Ah ! cette voix ! ce n'était pas sa belle-mère, c'était sa femme ! c'était sa Laurence, elle-même !

— Laurence ! murmura-t-il, vous avez daigné... Chère Laurence! Oh ! chère Laurence !

Elle était si près... si près de lui !... Il l'enlaça de ses bras. Ce fut le premier baiser — de ce genre... — qu'ils savourèrent... — Et, puisqu'ils étaient mariés, pourquoi pas? Un baiser qui les fit délicieusement frissonner tous deux dans tout leur être... Un baiser qui produisit un miracle. On cite des exemples de ces cures merveilleuses.

— Eh bien ? répéta-t-elle d'une voix troublée.

— Eh bien ! reprit-il, en jetant au loin son bandeau, je ne souffre plus !... Non ! c'est fini. Tu venais me chercher, ma Laurence; me voici. Tu m'as guéri ! Oh ! que je t'aime !

Quelques minutes plus tard, on se mettait enfin à table, pour le repas de noces, aux *Tilleuls*.

IV

UN BEAU-PÈRE QUI S'ÉPANCHE.

Un repas qui se prolongea jusqu'à la nuit, s'il vous plaît ! Et la nuit tombe tard au mois de juin ! Mais le temps passe si vite quand on s'amuse ! Et l'on s'amusa beaucoup à ce dîner. La chère y était fine, les vins y étaient exquis; et puis, nous l'avons dit, il n'y avait là que des amis, ou, tout au moins, des connaissances intimes. Oh! Varillat avait bien choisi ses convives! Point de cérémonies, point d'étiquette! L'amphitryon donnait le ton de la gaieté; dès le premier service chacun était à son diapason. Abjurant — en apparence — sa sourde inimitié, le cousin Duhoux, lui-même, se montra aimable! Comment donc! mais il chanta, au dessert! Il chanta mal, il chanta faux — il ne savait pas chanter autrement — mais il chanta! L'intention y était. Varillat l'applaudit à tout rompre. Une seule personne resta au-dessous de l'entrain général: Armand Ducret. Mais, au milieu d'une soixantaine de convives allègres, qu'est-ce qu'une seule individualité soucieuse? Nul ne s'occupa de l'attitude exceptionnelle d'Armand Ducret. Nul, lorsque l'on trinqua au bonheur des nouveaux époux, ne remarqua que, seul, Armand Ducret ne heurtait point sa coupe contre celles de Claude Malbranche et de sa femme.

Cependant, bien qu'il l'eût dissimulé, Claude avait été ressaisi par son malaise. L'amour médecin n'avait pas vaincu la névralgie, il avait, tout simplement, conclu avec elle un armistice. Aussi fut-ce avec une véritable satisfaction que Claude vit son beau-père, en jetant sa serviette, donner le signal de la liberté. Claude comptait user de cette liberté pour se retirer dans quelque coin du parc, et, grâce à la solitude, à l'influence de l'air du soir, du silence, se délivrer complétement de sa maudite indisposition. La mariée et sa mère, en compagnie de plusieurs dames et demoiselles, étaient montées changer de toilette. Les hommes fumaient leur cigare sur la pelouse, — la salle de danse, — que l'on commençait d'éclairer des feux de deux ou trois centaines de lanternes vénitiennes. Les musiciens, dans leur orchestre improvisé, accordaient leurs instruments. Claude était au bas du perron lorsqu'un bras se glissa sous le sien. La peste de l'importun!... Non! non! pas la peste! L'importun, c'était son beau-père.

— Où vas-tu?

— Respirer.

— Est-ce que tu souffres encore?

— Un peu.

— Eh bien! nous respirerons ensemble.

— Mais... ne craignez-vous pas?... Vos invités pour le bal vont arriver?

— Par le convoi de neuf heures; oui; j'ai envoyé les voitures au-devant d'eux à la gare; mais ma femme les recevra! — Cela te contrarie que nous causions un moment tous deux?

— Me contrarier! Oh!

— J'éprouve le besoin de causer avec toi, moi! Je suis si heureux, aujourd'hui!... — Et toi?

— Oh! cela se demande-t-il!

— Nous allons nous asseoir près de la pièce d'eau, et... — Veux-tu un cigare?

— Merci.

— C'est juste, ce n'est pas bon de fumer quand on a la tête malade! Ce pauvre Claude! en voilà une indisposition qui a mal pris son temps! un jour de noces! Enfin, cela va se passer, espérons-le! Alors, tu es content? Eh bien! mon ami, nous pouvons aller de pair. Ma fille, ma bien-aimée Laurence, est mariée à un brave garçon... à un honnête homme, sur lequel je puis compter de toutes façons... de toutes façons!... et comme gendre, et comme associé... Et comme associé!...— Et, à ce propos, Claude, j'ai à te dire quelques mots qui ne te déplairont pas, je présume. L'heure est venue de te révéler mes projets... mes grands projets!... Tu m'écoutes?

— Religieusement, père.

— On a bien ri, hein, au dîner? Ah! c'était très-gai! Et comme ma femme était jolie, n'est-il pas vrai?

— Ravissante!

— On ne croirait jamais que c'est la mère de Laurence, ma Caroline! Elle ne paraît pas plus de trente ans!

— Certes!

— C'est comme moi que tu appelles: «père...»

— C'est vous qui...

— Mais assurément que c'est moi qui l'ai voulu et qui le veux toujours, que tu m'appelles ainsi!... T'imagines-tu, par hasard, que je suis assez sot pour faire de la coquetterie avec toi!... Tu es mon fils, puisque tu as épousé ma fille... c'est évident! Si j'ai encore l'air jeune et si je le suis encore, jeune, tant mieux! J'aurai plus de temps à vivre près de ceux que j'aime et à en être aimé! Mais ce n'est pas tout cela; ce que j'ai à te dire, mon cher Claude... Tiens! As-tu entendu? Il m'a semblé qu'on avait remué dans ce massif?

— Non, je n'ai rien entendu.

— Je me serai trompé. — La superbe soirée, sapristi! Quel dommage que tu souffres! Ah! quand je me suis marié, moi, j'étais plus gaillard que ça!

— Mais...

— Mais ce n'est pas un reproche que je t'adresse, nigaud! C'est un regret... un pur regret que j'émets. Enfin... — Tu m'écoutes? J'entame le chapitre des confidences. N'aie pas peur, ce ne sera pas long. Rien qu'un feuilleton! Pas de *suite au prochain numéro!*...

Il avait les idées décousues, ce soir-là, Léopold Varillat. — Que voulez-vous! on ne marie pas tous les jours sa fille! — Cependant, comme on va voir, ces idées, il était encore très-capable de les recoudre pour l'agrément de son gendre.

— Ce que j'ai à te dire, mon ami, répéta-t-il après s'être recueilli quelques secondes, le voici: En te donnant Laurence pour femme avec deux cent mille francs de dot, — somme qui, de ton plein consentement d'ailleurs, est restée tout entière dans la caisse commune...

— Tout naturellement... puisqu'en me donnant Laurence pour femme, vous avez daigné encore me prendre pour votre associé... moi, pauvre diable! Ces deux cent mille francs sont mon apport dans l'association.

— Ces deux cent mille francs sont ton apport dans l'association, sans doute. Mais, pardon, mon ami, si tu m'interromps, je perdrai le fil de mon discours, je m'embrouillerai, et...

— Et je ne vous interromps plus, père. Je vous écoute en silence.

— En silence... je n'en exige pas tant! Tu peux parler... répondre... par-ci, par-là! Mais... tu conçois?...

le bal va nous réclamer bientôt, et j'aurais souhaité, auparavant, t'expliquer...

— Expliquez! expliquez!

— J'explique. — Je suis donc jeune encore, puisque je n'ai que quarante-deux ans, mais il y en a vingt-cinq déjà que je suis dans les affaires. Vingt-cinq. Un quart de siècle!... A dix-sept ans, j'étais commis chez Grondard et Bichu... et je piochais ferme... ah! je piochais ferme! Aussi, quand je me suis marié, tout le monde a-t-il été unanime pour me prophétiser le succès!... Et je n'ai pas fait mentir la prophétie. — Il est vrai que ma femme, ma belle et bonne Caroline, m'avait apporté une dot très-rondelette aussi, et que, de mon côté, j'avais, par ma famille, pas mal de foin dans mes bottes!... Avec de l'intelligence et de l'argent on va vite!... Et de l'argent... car, sans argent, l'intelligence... c'est fâcheux à dire, mais... Mon Dieu! on arrive quelquefois tout de même, et tu en es un exemple; mais c'est un hasard... une chance... une sur cent!... Enfin... — Où en étais-je? Tiens, Claude, sans remonter au déluge, — laissons le déluge; — j'irai droit au fait. Le fait est que je ne suis pas de ces imbéciles, — j'appelle ça des imbéciles, moi, carrément! — qui ne sont jamais contents de ce qu'ils ont. J'ai une trentaine de mille livres de revenus en propriétés sur le pavé de Paris... sans compter ma maison... *notre* maison qui m'en rapporte le triple. Elle me rapportera moins à présent que tu as, comme mon associé, un tiers dans les bénéfices... mais, soixante mille livres encore à ajouter, tous les ans, à ce que je possède déjà... c'est gentil. Et puis, qu'est-ce qui me prouve que toi, qui es tout feu tout flammes, tu ne vas pas donner une nouvelle et plus fructueuse impulsion à nos affaires!

— J'y essaierai, du moins!

— Et tu y parviendras, j'en suis bien convaincu. Bref, en deux mots, Claude: j'ai assez travaillé... je veux me reposer.

— Et vous avez raison, père, puisque vous le pouvez.

— N'est-ce pas? Puisque je le peux, je serais un idiot de... L'hiver prochain, encore, je continue de mettre, avec toi, la main à la pâte, ensuite... *n, i, ni!* Tant pis! je te laisse te débarbouiller tout seul et je me promène les mains dans les poches... Bien entendu, quand tu auras besoin d'un conseil, je serai là... — des conseils, ça ne fatigue pas!... — Mais... tu conçois? il me reste à peu près une quinzaine d'années à jouir de la vie... eh bien! de cette manière, j'en jouirai, de la vie! Je voyagerai... nous voyagerons, ma femme et moi. Je ne connais pas l'Italie... la Suisse... Nous irons en Suisse, en Italie... Et puis, j'ai toujours eu du goût pour les arts... la peinture... la littérature; j'achèterai des tableaux... j'aurai une petite galerie; j'achèterai de bons livres... — que je lirai... Ah! ah! je n'imiterai pas mon ancien patron, le vieux Grondard, qui a une magnifique bibliothèque qu'il n'a jamais ouverte! Je lui parlais, une fois, de Balzac, il m'a demandé si ce n'était pas un fabricant de Sedan!... Caroline raffole du théâtre: j'aurai ma loge, l'hiver, à toutes les premières représentations... — et nous vous emmènerons, ta femme et toi, quand vous aurez été bien sages. Je chasserai... je pêcherai... je tenterai d'un brin d'horticulture. — Très-amusant, l'horticulture! et Dory, notre maître jardinier, dit que je suis pétri de dispositions. Je flânerai, enfin, je flânerai du matin au soir. Et, pendant ce temps, toi, malheureux esclave, tu continueras de nous gagner des monacos pour tous les quatre... ou tous les cinq... ou tous les six... — car je compte bien avoir bientôt à faire sauter sur mes genoux un ou deux mioches qui m'appelleront « grand-papa! » Deux: un garçon et une fille. Tu entends, Claude? Un seul enfant, ce n'est pas assez. Ç'a toujours été ma désolation, à moi, de n'avoir qu'un seul enfant.

— Un garçon et une fille, père, j'y essaierai aussi.

— Ah! tu y essaieras aussi, scélérat! — Ah! tandis que j'y pense... tu sais ce qui est convenu avec cette fille d'Annet que j'ai dotée... Madeleine Duru, et son mari Jacques Pivot? Oh! j'ai songé à tout, moi! J'ai doté, mais j'ai fait mes conditions. Si... comme cela est dans les choses... très-possibles, puisqu'elle se marie le même jour... si elle a un enfant en même temps que Laurence, c'est Madeleine qui nourrira le vôtre avec le sien. La luronne est solide!... Elle en nourrirait trois enfants sans se gêner, je parie! Qu'est-ce que tu dis de cela? Qu'est-ce que tu dis d'un beau-père qui, neuf mois à l'avance, pousse la gracieuseté jusqu'à... te préparer une nourrice pour ton enfant?..

— Je dis que vous êtes tout ce qu'il y a de bon au monde, cher père!...

— Eh bien, voilà!... A présent, tu connais mes desseins, mon ami. Tu sais ce qui te pend au nez. D'ici à sept ou huit mois, je te flanque le fardeau de la maison sur les épaules... d'ici à sept ou huit mois, je ne veux plus mettre qu'une fois par hasard le pied dans nos bureaux, dans nos magasins, pour voir s'ils sont toujours à leur place!... Tu m'enrichiras de ton travail! Tu m'engraisseras de tes sueurs!... Oh! tu auras beau te plaindre, je serai sans pitié!...

— Je ne me plaindrai que si je ne réussis point, par mes efforts, à augmenter votre fortune!

— Alors, tu ne te plaindras pas! Je te connais! La maison, avec toi, ne saurait péricliter!... Et maintenant, quelle heure est-il? Neuf heures et demie. — Vois donc la belle lune, Claude... elle éclaire comme le soleil! — Et maintenant, allons recevoir nos invités... et danser. Ah! et ta névralgie?

— Tout à fait dissipée, cher père.

— Vrai!... J'ai tous les mérites, alors!... je te donne une jolie femme, une famille... une fortune à faire... — et tu la feras!... — une nourrice... et je t'enlève ton mal de tête. Ah! ah! Viens!

Varillat ne s'était pas abusé lorsque, sur le point d'entamer le chapitre des épanchements, il avait cru entendre du bruit partant d'un taillis à quelques pas de l'endroit où il était assis avec son gendre. Il y avait quelqu'un caché dans ce taillis. Ce quelqu'un, c'était Armand Ducret. Armand Ducret se promenait près de la pièce d'eau quand il avait aperçu, venant de ce côté, le beau-père et le gendre. Et, à leur aspect, pourquoi s'était-il blotti dans l'ombre d'une touffe d'arbustes? Un mouvement machinal de sa part, peut-être. Peut-être n'avait-il pas l'intention formelle d'être indiscret. Il y a comme cela de ces actions... dont on rougirait s'il fallait les préméditer... que l'on commet très-volontiers en n'y réfléchissant pas.

Quoi qu'il en soit, Armand Ducret avait pu entendre et il avait, en effet, tout au long entendu l'entretien de Varillat et de Claude. Quand ceux-ci se furent éloignés, il sortit de sa cachette, et, lentement, il alla s'asseoir sur le banc de pierre qu'ils occupaient quelques secondes auparavant. Il demeura à cette place près d'un quart d'heure, immobile, les bras croisés, regardant, sans la voir, en face de lui, l'eau du petit lac, écoutant, sans l'entendre, résonnant au loin, la musique du bal... A quoi songeait-il? Fouillant dans le cerveau de ce personnage, nous en extrairions sans doute facilement un monologue qui résoudrait la question ci-dessus; mais, outre que le monologue nous a toujours semblé un moyen purement de fantaisie, — où voit-on, je vous prie, — si ce n'est dans les maisons de fous... ou au théâtre... — des gens se dire tout haut, à eux-mêmes, ce à quoi ils pensent? — notre opinion encore est que, dans l'intérêt même de notre récit, il vaut mieux que nous ne divulguions pas ici le sujet des méditations d'Armand Ducret. Ce que nous dirons seulement, c'est que, lorsque, las probablement de rêver, il se décida à quitter sa place solitaire, Armand Ducret eut un de ces gestes dont l'expression n'a jamais été douteuse pour personne. De l'index étendu de sa main droite, il fouetta l'air à diverses reprises. « Prends garde! » ou « Prenez garde! » signifiait ce geste. A qui s'adressait cette tacite menace? C'est ce que vous saurez encore par la suite, lecteur.

Cependant on dansait sur la pelouse. C'est un exercice assez laborieux que la danse sur l'herbe. La valse et la polka surtout! Mais l'originalité même de la chose faisait passer sur son incommodité. On s'amusait à cette fête; tout y semblait charmant. Claude Malbranche, que ses douleurs névralgiques avaient enfin complétement abandonné, dansa toute la nuit, — comme doit faire un nouveau marié qui se respecte. Et Varillat, donc!... Il ne manqua point un quadrille, une redowa, un cotillon!... Son ami Drugeon n'en revenait pas!...

— Vous avez l'air d'être à votre propre noce, mon cher! lui dit-il.

— Mais, répliqua gaiement Varillat, il n'y a pas non plus si longtemps que je me suis marié! Vingt ans. Qu'est-ce que cela, vingt ans? vingt jours, quand on les emploie bien!... Vous étiez à mon mariage, Drugeon; en conscience, est-ce que ma femme était plus jolie alors qu'aujourd'hui?

— En conscience, non!...

— N'est-ce pas?... L'été vaut le printemps, mon cher!... Ah! l'orchestre qui prélude. Une contredanse. Sapristi! je la danse avec Caroline, celle-ci, en face de ma fille et de mon gendre. Vous allez voir cela, Drugeon!...

Parlant ainsi, Varillat courait à sa femme, qu'il entraînait, en la tenant par la taille, vers le quadrille. Elle se débattait, rougissante, contre cette étreinte.

— Mais vous êtes fou! lui dit-elle.

— Pourquoi suis-je fou? Parce que je danse avec toi?

— Non! parce que vous ne vous conduisez pas convenablement.

— Comment! pas convenablement!

— Allons!... vous savez bien ce que je veux dire! Le jour du mariage de votre fille... faire des enfantillages pareils!

— Quels enfantillages? quels enfantillages, Caroline?... Alors, parce que je marie ma fille, il m'est défendu de t'aimer?...

— Voyons! voyons! mon ami...

— De te dire que tu es plus belle que jamais!...

— Léopold!... je t'en prie, on nous regarde!

— Et puis? qu'est-ce que cela me fait qu'on nous regarde!... Drugeon me disait tout à l'heure que j'avais l'air d'être à ma propre noce... Eh bien! c'est vrai, là... il me semble que c'est ce matin que je t'ai épousée...

— Ah! ah! ah!...

— Ris tant qu'il te plaira... mais je n'en démordrai pas... je t'aime, ma Caroline... je t'adore!... Cette journée m'a rajeuni de vingt ans!...

— Léopold, je vous jure que, si vous continuez, je vous laisse.

— Bah! tu en serais bien fâchée, de me laisser! tu m'aimes trop aussi, toi!

— La pastourelle... à vous.

— J'y suis!... j'y suis toujours à la pastourelle.

Ah! pour un riche commerçant — un quasi-millionnaire — il est certain que Varillat n'était pas suffisamment sérieux. On remarqua, au bal, on commenta, plus ou moins malignement, cette exubérance anormale de gaieté chez un beau-père. Duboux — entre autres — déclara que la façon dont son cousin serrait et faisait sauter sa femme, en dansant, était tout bonnement *indécente*.

. . . .

A la suite d'un splendide souper, le bal avait repris avec plus d'entrain que devant. Mais il n'est pas de si bonne fête qui n'ait son terme. Le jour commençait à poindre. Depuis quelques minutes déjà la mariée avait disparu, emmenée par sa mère, et bientôt rejointe par son mari. A leur tour, nombre d'invités désertèrent le bal; les uns pour se retirer dans leurs chambres respectives, à la villa, les autres pour aller se promener dans le parc ou sur les bords de la rivière, en attendant l'heure de regagner Paris par le train venant de Meaux... Une polka encore, — la polka de l'étrier, — puis le silence et la solitude se firent sur la pelouse tout à l'heure abîmée par les sons de la musique, battue par les pieds des danseurs...

Respectant ce silence, cette solitude, nous-mêmes nous clôturerons ici la première partie de ce livre, dont la seconde sera séparée par un intervalle de quinze mois. Quinze mois!... il coule bien de l'eau sous un pont en quinze mois. Veuillez tourner la page, cher lecteur; nous allons vous montrer comme quoi et pourquoi cette eau, si limpide et si pure à sa source, est maintenant si trouble, mais si trouble, que deux méchants, s'y mirant avec complaisance, espèrent bien y pêcher à leur aise leur comptant.

DEUXIÈME PARTIE

I

LES CANCANS DE MADAME DRUGEON.

Donc, c'était quinze mois après le mariage de Claude Malbranche et de Laurence Varillat, soit vers la fin de septembre 1865, à trois heures de l'après-midi. Descendu à Lagny par le train venant de Paris, un voyageur se dirigeait, en suivant les bords de la Marne, vers Annet. Ce voyageur, c'était Firmin Duhoux. L'homme propose, mais les intérêts du métier disposent. Vous vous rappelez qu'en se rendant, quinze mois auparavant, en compagnie de MM. Armand Ducret et Joannès, aux noces de sa petite cousine, Firmin Duhoux s'était flatté du doux espoir de voir bientôt cette union troublée par d'intimes orages... Mais, en septembre 1864, — c'est-à-dire un an juste avant le jour où nous sommes, — chargé, par les maîtres de la maison de draperie dont il était le représentant en province, — la maison Bonnifoux et Cie, — de se rendre en Russie pour y opérer d'importants marchés, Firmin Duhoux avait dû se mettre aussitôt en route pour Pétersbourg.

A Pétersbourg, autre guitare. Depuis longtemps la maison Bonnifoux et Cie caressait le désir de contracter, dans la capitale de la Russie, une association commerciale avec un des plus riches marchands du pays, de fonder une sorte de comptoir d'où lui seraient expédiées toutes les laines indigènes et autres dont elle avait besoin. Firmin Duhoux reçut à Pétersbourg, par lettres, des instructions à cet égard. Bref, nous n'entrerons pas dans de plus longs détails là-dessus, supposant que cela ne divertirait que médiocrement le lecteur, — bref, le grand cousin, qui avait cru ne rester que trois ou quatre mois en Russie, y était resté une année entière... Ce n'était qu'au commencement de septembre 1865 que, tout établi là-bas, il lui avait été permis de revenir en France. Arrivé de la veille au matin à Paris, il avait consacré toute une journée et toute une soirée encore à rendre compte verbalement de ses opérations à ses patrons... Ensuite... ensuite il s'était couché et avait dormi... du lourd sommeil d'un homme qui a par-dessus le dos des voyages et des affaires... Il ne s'était réveillé qu'à onze heures. Il avait copieusement déjeuné. Et maintenant, pour se récréer, pour se revivifier à la fois le corps et l'esprit, — le corps en se promenant, l'esprit en étudiant... — une étude attractive, une étude critique, il se rendait à Annet, aux *Tilleuls*. Il n'avait pas même pris la peine de passer à Paris, rue des Bons-Enfants, à la maison de Varillat, certain qu'il était de trouver son cousin et ses cousines à leur campagne. C'était un jeudi; le jeudi, Varillat n'allait jamais à la ville. Il trottait donc, le grand cousin, allègre, le long de la Marne; très-allègre. Il y a des pressentiments, n'est-ce pas? Eh bien! le grand cousin était persuadé que de graves événements, en son absence, s'étaient produits dans l'intérieur Varillat et Malbranche. De graves événements; lesquels? Il l'ignorait; mais... mais, nous le répétons, il eût parié... vingt francs contre dix sous, qu'il ne s'abusait pas. Évidemment il y a des pressentiments. Et ce sont surtout les gens qui rêvent le mal qui ont le plus de chance de rêver juste. Le mal, hélas! c'est la généralité, en ce monde; le bien, c'est l'exception.

Duhoux avait sonné à la grille des *Tilleuls*. Un domestique — inconnu — lui ouvrit.

— Monsieur Varillat est-il là?

— Non, monsieur, M. Varillat est à Paris.

— Ah! Et madame?

— Madame Varillat est sortie, monsieur.

— Et madame Malbranche?

— Madame Malbranche est sortie avec sa mère.

— Ah!... ces dames sont... Diable!... — Je suis le cousin de M. Varillat... M. Firmin Duhoux.

Le valet s'inclina devant cet énoncé des noms et qualité du visiteur.

— Mais ces dames ne tarderont pas à rentrer, je suppose, reprit-il; elles sont allées jusqu'à Lagny. Si monsieur veut les attendre? Il y a déjà dans le parc une personne qui les attend aussi. Madame Drugeon. Monsieur connaît peut-être?...

— Oui! oui! je connais beaucoup madame Drugeon. Conduisez-moi près d'elle; nous attendrons, en causant, le retour de ces dames. Et M. Malbranche, le gendre de M. Varillat, est-il à Paris également?

— Oh! oui, monsieur. M. Malbranche va tous les jours à Paris et n'en revient que pour dîner.

— Bon! bon!... Mais je croyais... C'est un hasard que Varillat y soit, lui, un jeudi, à Paris... car autrefois il ne s'absentait guère des Tilleuls que le mardi et le samedi.

— Je ne sais pas ce que M. Varillat faisait autrefois, monsieur, mais ce que je sais, c'est que je l'ai vu, depuis un mois que je suis au service dans cette maison, se rendre tous les matins à Paris.

— Ah! vraiment! Il se rend presque tous les matins à Paris, maintenant!... Ah! vraiment!

— Voici madame Drugeon, monsieur.

Le domestique indiquait du geste à Duhoux la dame susnommée, installée dans un fauteuil rustique, un journal en main, à l'abri d'une touffe de vernis du Japon, devant la magnifique pelouse où avait eu lieu le bal de noces... Et, tirée de sa lecture par le bruit des pas sur le sable, madame Drugeon, qui reconnut Duhoux, jeta immédiatement de côté son journal. Mais Duhoux ne voyait pas madame Drugeon, Duhoux, cloué au sol, contemplait, ébahi, un tableau aussi étrange — pour lui — qu'imprévu, qui s'était offert à ses yeux comme, débouchant de l'avenue ombragée qui s'étendait de la grille d'entrée jusqu'à la surface méridionale de la villa, il avait atteint le perron...

Que représentait donc ce tableau? Mon Dieu! rien en soi que d'assez simple, et, à coup sûr, rien que de très-agréable au regard. Il représentait deux femmes assises sur des pliants, au milieu de la pelouse, près d'un berceau; deux paysannes, deux nourrices. Mais, qui dit deux nourrices, dit — ordinairement — deux enfants. Eh bien! en effet, il y avait deux enfants dans le berceau. Les enfants de M. et de madame Malbranche, évidemment! Deux enfants! c'est trop fort! Quoi! comme entrée de jeu, ce butor de Claude avait fait deux enfants à sa femme! On n'avait jamais vu cela!

Le domestique s'était retiré.

— Et puis? fit madame Drugeon, un peu aigre, — impatientée qu'elle était du silence et de l'immobilité du grand cousin, — quand vous voudrez me dire bonjour, monsieur Duboux!

Duboux s'élança vers la vieille dame, mais sans quitter des yeux le berceau et les deux nourrices.

— Oh! pardon! pardon! chère madame, s'écria-t-il; je suis si étonné!...

— Si étonné de quoi?

— Mais... de tout... pas davantage! J'arrive de Russie où j'ai vécu un an, comme un ours... sans nouvelles de Paris!...

—Ah! bah! Comment, votre cousin ne vous a pas écrit...

— Il ne m'a rien écrit, chère madame... par cette raison, excusable d'ailleurs, qu'il ignorait où j'étais. Il y avait un peu de froid, entre nous, lors du mariage de Laurence...

— Oui, oui, je comprends alors votre surprise à l'aspect de ces deux enfants!... Vous vous imaginez... Ah! ah!... Asseyez-vous, monsieur Duboux, je vais vous mettre au courant de la situation. Ah! ah!... ce pauvre monsieur Duboux!

Madame Drugeon riait, elle riait beaucoup en prononçant ces paroles semées de réticences; ce qui ne contribuait pas peu à augmenter la stupéfaction de Duboux. A quel propos cette hilarité?

— Elle est folle, cette vieille! pensait-il.

Madame Drugeon n'était pas folle, mais elle était un tantinet médisante, et affectée, en outre, d'une manie qui consistait, lorsqu'une fois elle s'était forgé une opinion sur quelqu'un ou sur quelque chose, à n'en point vouloir démordre, quand même l'univers entier lui eût prouvé, par A + B, que cette opinion était erronée. Elle avait, en semblable circonstance, un mot splendide. On lui montrait, par exemple, une étoffe de couleur bleue; il lui plaisait, — on n'a jamais su pourquoi, — de trouver que cette étoffe était verte; on en appelait à un tribunal arbitral qui proclamait — naturellement — la véritable nuance du tissu...

— Soit! concluait madame Drugeon; cette étoffe est bleue... vous le dites... je vous crois... mais, *pour moi*, elle est verte! *Pour moi*: N'est-il pas vrai que le mot est à encadrer? Il pleuvait: *pour elle* il faisait beau; il faisait chaud: *pour elle* il faisait froid. Elle voyait et sentait autrement que tout le monde, cette dame! Que lui dire? Rien. Et c'est aussi le parti que s'étaient habituées à prendre, dans une discussion avec elle, les personnes rompues à son travers d'esprit.

Mais il n'est pas question pour l'instant de la manie de madame Drugeon, mais des explications relatives aux deux enfants dans le berceau qu'attendait d'elle le grand cousin. Il s'était assis à ses côtés:

— En vérité, cher monsieur Duboux, reprit-elle, vous êtes resté comme cela, quinze mois, — car il y a eu quinze mois, ces jours-ci, que Laurence est mariée, — sans entendre parler de qui ni de quoi que ce soit concernant la famille Varillat?

— Quinze mois, ni plus ni moins, madame. Les premiers temps qui ont suivi le mariage de Laurence, d'abord, mes occupations m'ont empêché de venir aux Tilleuls... Puis, je vous l'ai dit, je suis parti pour la Russie...

— Eh bien! comme vous voyez, pendant votre séjour en Russie, la famille de votre cousin s'est remarquablement augmentée.

— Remarquablement est le mot; mais...

— Mais je ne veux pas vous faire languir davantage, là! j'ai pitié de votre impatience... De ces deux enfants dans ce berceau, un seul appartient à M. Claude Malbranche: Paul.

— Et l'autre?

— L'autre... Victor, — un garçon aussi, — est l'oncle du premier.

— L'oncle! Qu'entends-je là! Il serait possible! Madame Varillat!...

— Madame Varillat est accouchée le même jour que sa fille. Mon Dieu! oui! Un regain de jeunesse! Après cela, Varillat et sa femme sont encore d'âge à se permettre... C'est égal, on a beaucoup jasé dans le monde, là-dessus! Et il y avait de quoi! Après vingt ans de ménage!... Cette pauvre Caroline ne savait où se fourrer pendant sa grossesse! M. Varillat, au contraire, était radieux, lui! Et depuis que son fils est né, donc! Oh! son fils! il ouvre une bouche quand il parle de son fils!... J'ai peur même, entre nous, que la naissance de cet enfant ne soit cause... Ah! il se dérange, depuis quelque temps, M. Varillat! On essaie de le cacher ici... mais, j'ai des yeux, moi!... je vois... ce que je vois! Il y a, surtout, un M. Armand Ducret qui ne quitte plus M. Varillat, et qui, je le crains, lui fait faire des sottises!

Duboux, qui, tout en écoutant madame Drugeon, suivait, par monts et par vaux, sa pensée vagabonde, Duboux tressauta quand la vieille dame articula le nom d'Armand Ducret.

— Ah! fit-il, Armand Ducret est devenu l'ami de mon cousin?

— Comment! Mais à tu à toi! C'est-à-dire que M. Armand Ducret a son appartement aux Tilleuls, maintenant!

— Allons donc!

— Ils chassent, ils pêchent ensemble! Ils vont ensemble à Paris. Qu'y font-ils? rien de bon, probablement. Certes, M. Armand Ducret est très-convenable! riche, avec cela, assure-t-on. Mais il a bien douze ans de moins que M. Varillat!... Il est donc permis de s'étonner... qu'un homme... qui devrait être sérieux... Enfin, — vous garderez tout cela pour vous, je vous en prie, monsieur Duboux?

— Sous clef et à triple tour, madame.

— Enfin... mon mari... un vieil ami de vingt ans de M. Varillat, avait loué, cette année, à Lagny, une mai-

LA FILLE A SON PÈRE

PAR HENRY DE KOCK.

Augustine et mademoiselle Julietta, sa maîtresse. (Page 21).

sonnette, tout exprès pour être à même de le voir souvent...

— Eh bien?

— Eh bien! il ne le voit plus du tout. Depuis trois mois que ce satané M. Armand Ducret s'est impatronisé dans son intimité, plus moyen de posséder M. Varillat!

— Et que disent de cela sa femme et sa fille?

— Ah! ce qu'elles disent! ce qu'elles disent, elles ne le disent pas devant moi, vous concevez? Ce qui n'empêche pas que je remarque très-bien qu'elles sont chagrines.

— Oui, oui! Et Claude Malbranche, le gendre et l'associé de [illegible] cousin, que fait-il de son côté, lui?

— Lui! [illegible]ais il travaille, de son côté, il travaille comme un nègre! Oh! quant à celui-là, il n'y a pas vestige de reproche à lui adresser! toute la semaine, toute la journée, à la besogne, à Paris; le soir et le dimanche ici, près de sa femme et de sa belle-mère. Et elles sont bien heureuses de l'avoir, car, sans lui, elles risqueraient de s'ennuyer mortellement dans cette campagne... toujours seules!

— Toujours seules? S'il va tous les jours à Paris, tous les soirs aussi Varillat ne revient-il pas régulièrement au logis!

— Oh! régulièrement! régulièrement!... Il arrive assez souvent qu'on l'attend inutilement pour dîner!

— Oh! oh!

— Encore une fois, n'est-ce pas, monsieur Duhoux, nous causons de tout cela?...

— Entre nous. Soyez donc tranquille! — Ah! mon cousin est devenu un mauvais sujet!

— Permettez! il n'est pas absolument prouvé...

— Qu'il ait jeté son bonnet par-dessus les moulins... non... Mais il en est tout près... il rôde autour des moulins! Et c'est mons Armand Ducret qui a opéré cette métamorphose! Très-fort, mons Armand Ducret! Très-fort, avec sa mine de pince-sans-rire!

— Très-fort? pourquoi très-fort?

— Oh! une simple réflexion de ma part, chère madame! une réflexion qui a trait à un fait particulier... personnel! Cependant, Varillat continue de paraître satisfait d'avoir un fils?

— Comment! s'il continue? Mais puisqu'il en est fou, de son fils! puisqu'il l'idolâtre! puisqu'il passe des heures — quand il est ici — à l'embrasser... à le bercer!... Il joue au petit Henri IV, quoi! La nourrice de son Victor, c'est cette grosse gaillarde qui... — Eh! mais vous devez vous souvenir? Le jour où Laurence se mariait, à Annet, on célébrait un second mariage, celui d'une fille du crû dotée par M. Varillat.

— Oui. Je me rappelle.

— Eh bien! — c'est mon mari qui m'a conté cela, — il paraîtrait que M. Varillat avait son plan en dotant cette villageoise. Un plan très-méritoire, d'ailleurs, et éminemment paternel. En s'attachant Madeleine Pivot par l'argent, il voulait, l'occasion échéant, avoir sous la main, en elle, une nourrice toute trouvée pour son premier petit-fils ou sa première petite-fille. Mais, — attendez! — quand il a vu sa femme enceinte..., à l'instar de sa fille, eh! eh!... il s'est dit, sans doute, que gracieuseté bien ordonnée commence par soi-même. La Madeleine Pivot était enceinte aussi... — oh! sur ce point, il avait calculé juste!... et elle est même accouchée six jours avant madame Malbranche et madame Varillat; — qu'a fait M. Varillat? en premier lieu, il a si bien convaincu notre Annettoise qu'elle compromettrait sa santé à nourrir deux enfants à la fois, qu'elle s'est décidée — aux frais du conseilleur, bien entendu! — à donner sa fille, — elle a une fille, elle, — à élever à une femme du village. Ensuite, ce n'est pas, comme il était convenu, son petit-fils, mais son propre fils que M. Varillat a confié aux soins de Madeleine Pivot. Le petit-fils, lui, a eu pour nourrice la première venue; une étrangère, une Normande qu'on a mandée de Caen. Et, au surplus, il ne s'en porte pas plus mal! Oh! le neveu, ainsi que l'oncle, pousse comme un champignon! Mais, n'est-ce pas que c'est drôle?

— Ce beau-père accaparant la nourrice qu'il avait dressée, mijotée pour son gendre. Fort drôle! Ah! ah!

— Et si vous saviez comme on traite celle qui a l'honneur d'allaiter le fils du maître de la maison! l'héritier présomptif! Oh!... non seulement on la paie le double, je crois, de l'autre, on la comble de cadeaux, d'égards, on lui donne les meilleurs morceaux, les meilleurs vins, à table, mais encore on lui passe ses mauvaises humeurs, ses caprices, ses impertinences! Je ne peux pas la souffrir, moi, cette Madeleine Pivot! La Normande, la grande Françoise Choisnet, à la bonne heure! une brave femme! Bête comme une oie... mais une nourrice n'a pas besoin d'être une Sévigné, n'est ce pas?

— Est-ce que Madeleine Pivot écrit?

— Hein?... Non, ça ne va pas jusque-là, mais...

— Et ces dames?

— Quoi, ces dames?

— Sont-elles toujours d'accord, elles, malgré...

— Oh! toujours! C'est une justice à rendre à Laurence! elle chérit sa mère! Et, pour sa part, madame Varillat est si bonne!

— Trop bonne, peut-être! Eh! eh!... un mouton. Et... les moutons...

— Le loup les croque, c'est vrai! Enfin, il n'y a pas un mot à dire sur la conduite de ces dames! Si elles souffrent — et elles doivent souffrir... elles souffrent... — de la conduite, qui de son mari, qui de son père, elles n'en laissent rien paraître.

— Et... avec son petit frère... son tardillon de petit frère, Laurence?

— Est charmante! Oh! elle l'aime autant que son fils!

— Elle a l'air de l'aimer autant!

— Dame! au fond, peut-être n'est-elle pas bien enchantée de... Voilà sa part rognée de moitié, maintenant! En tout cas, elle cache bien son dépit! Les deux enfants sont soignés..., dorlotés!... Ils couchent dans le même berceau, comme deux frères; ils sont habillés de bleu, tous les deux... Voués au bleu. Avec cela qu'ils se ressemblent!... c'est extraordinaire! Mais on se ressemblerait de plus loin, n'est-il pas vrai? Néanmoins...

— Néanmoins?

Madame Drugeon s'était arrêtée court en se courbant pour ramasser son mouchoir... à dessein échappé de ses doigts...

— Ces dames! murmura-t-elle, dans cette attitude. C'est juré, monsieur Duboux? pas une syllabe sur mes confidences au sujet des frasques de votre cousin?

— C'est juré! répliqua Duboux sur le même ton assourdi.

Et il se leva ainsi que la vieille dame pour aller au devant de Laurence et de sa mère qui descendaient une des allées latérales aboutissant, du haut du parc, à la pelouse.

II

DEVANT L'ENNEMI.

Duboux avait l'âme en fête. Ses secrets désirs étaient exaucés; le trouble, si ce n'était encore la discorde, s'était abattu sur cette maison dont il haïssait les maîtres; ce fut donc d'un air guilleret qu'il aborda ses cousines. Madame Varillat accueillit très-cordialement le grand cousin; Laurence, elle-même, qui n'avait pu retenir un mouvement en l'apercevant en compagnie de madame Drugeon, lui fit assez bon visage.

— Mais qu'êtes-vous donc devenu, Firmin, depuis plus d'un an? demanda madame Varillat. Où étiez-vous?

— Bien loin... effroyablement loin, belle cousine. En Russie. Aurais-je vraiment été assez favorisé pour que vous vous soyez souciée de mon absence?

— Mais certes. J'ai demandé souvent de vos nouvelles à Léopold.

— Qui ne vous en a pas donné par ce motif qu'il n'en avait pas. Oui, je suis resté en Russie quinze longs mois. Que voulez-vous! quand on n'a pas de fortune, on n'est pas son maître! Tout le monde n'a pas, comme ce digne Léopold, la chance d'être millionnaire à quarante ans! Mais vous me permettrez, belle cousine, de vous offrir mes félicitations... sincères... à propos des heureux événements qui se sont effectués aux Tilleuls depuis que je n'ai eu le plaisir de vous voir?

Madame Varillat devint toute rouge.

— Et, poursuivit Duhoux en se tournant vers Laurence, penchée alors sur le berceau où reposaient les deux enfants, — car, tout en devisant ainsi, on avait gagné le centre de la pelouse, — et ma petite cousine voudra bien aussi, j'espère...

— Merci, merci, mon cousin, interrompit Laurence. Depuis quand êtes-vous de retour à Paris?

— Depuis hier; et je n'ai pas perdu de temps, vous voyez, pour accourir vous présenter mes devoirs.

— C'est moi, dit madame Drugeon, qui ai appris à M. Duhoux les heureux événements en question. J'étais venue pour vous faire une petite visite, mesdames; nous avons babillé un peu en vous attendant.

— Un peu! fit Madeleine Pivot, de façon à n'être entendue que de Laurence; oh! oh! le temps ne lui dure guère, à ce qu'il paraît, à c'te dame! Il y a une bonne heure qu'elle bavarde avec ce grand monsieur!

— Et à présent que vous voici, chères cousines, reprit Duhoux, oserai-je implorer de vous la grâce d'admirer ces chers enfants?

Il s'approchait du berceau.

— Admirez, mon cousin, dit Laurence.

— Oh! les beaux enfants! quelle fraîcheur! quelle vigueur! et quelle similitude comme traits! Madame Drugeon m'avait parlé de cette ressemblance... très-explicable, d'ailleurs... C'est égal, c'est extraordinaire! On croirait voir deux jumeaux. Et quel est le plus âgé? Eh! eh!... Quel est l'oncle? quel est le neveu?

— C'est mon fils qui est venu au monde le premier, répliqua Laurence.

— Ah bah! Par conséquent, c'est l'oncle qui est le plus jeune. Très-original! très-original! Oh! ils sont ravissants, ces enfants! Vous devez être bien contente, ma cousine? Et l'ami Léopold? il n'en dort plus, je le parierais! lui qui regrettait tant de n'avoir pas un fils! A propos, il va revenir, n'est-ce pas, l'ami Léopold? Cinq heures. Comment se fait-il qu'il ne soit pas aux Tilleuls, un jeudi?... Il me semble me rappeler qu'autrefois...

— Des affaires qui l'ont appelé à Paris, dit madame Varillat.

— Vous a-t-on offert de vous rafraîchir, mon cousin? dit Laurence.

— Non... mais je n'ai pas besoin... Si je ne suis pas indiscret, je compte ne vous quitter que ce soir.

— Vous dînerez avec nous, c'est entendu, reprit madame Varillat. N'importe! en attendant le dîner, vous prendrez un verre de malaga et un biscuit, Firmin...

— Je vais donner ordre qu'on apporte cela, dit Laurence en se dirigeant vers la maison.

— Et moi, dit madame Drugeon, je vais retourner chez moi.

— Déjà! fit madame Varillat.

— Oh! déjà!... Il est cinq heures, songez donc, ma bonne Caroline, et nous dînons à six, Drugeon et moi.

— Au revoir, alors, chère madame, dit Laurence du haut du perron.

— Au revoir, chère petite. Nous viendrons peut-être vous serrer la main dans la soirée, si mon mari n'est pas trop fatigué!... Il pêche du matin au soir, à présent. Une passion! Il assure que c'est un exercice très-hygiénique; pour moi, c'est idiot, voilà tout. Enfin! A ce soir, peut-être, ma bonne Caroline. Au plaisir, monsieur Duhoux.

Connaissez-vous rien de fastidieux comme l'obligation de causer, pour ne rien dire, avec une personne qui vous déplaît? Le cas de madame Varillat et de sa fille. A coup sûr, si elles attendaient et souhaitaient une visite, ce n'était pas celle du grand cousin. Mais il est une vérité devenue banale à force d'avoir été prouvée, c'est qu'on ne fait jamais ce qu'on veut, en ce monde, même lorsqu'en apparence on possède tout ce qu'il faut pour avoir toute liberté. Duhoux s'imposait à dîner, et il ne se fût pas invité que, par politesse, on l'eût retenu. Encore une des exigences du savoir-vivre : à la campagne, surtout, il n'est pas permis de refuser le pain et le sel à qui a fait tout exprès sept ou huit lieues pour vous assommer de sa visite. Une heure, occupée par une conversation assez languissante, d'ailleurs, s'écoula. Trop fin pour brusquer les choses en demeurant sur un terrain qui lui convenait... mais qui ne convenait pas du tout à ses cousines... — il le sentait bien! — Duhoux tint presque toujours le dé dans cette conversation. Il parla de son voyage, de son séjour à Pétersbourg, des mœurs, des coutumes russes, etc., etc. Laurence et madame Varillat l'écoutaient... ou ne l'écoutaient pas. Une ressource en société de gens qui vous ennuient : on les laisse parler tout seuls. L'arrivée de Claude Malbranche délivra ces dames de leur martyre. Comme sa femme, à la vue imprévue de Duhoux, Claude eut un froncement de sourcil qui n'échappa point au grand cousin.

— Je gêne, pensa-t-il; bravo!

Pensant ainsi, il s'inclinait, le sourire aux lèvres, devant le jeune homme.

Nous glisserons sur la nouvelle scène d'échange de compliments, qui fut très-courte, du reste, et que Laurence se chargea encore d'abréger. Après avoir baisé la main de sa belle-mère et de sa femme, Claude allait s'asseoir.

— Mais comme tu as chaud, mon ami! dit Laurence, tu es en nage!

Ce n'était pas vrai; Claude n'était pas du tout en sueur; mais il comprit qu'il devait l'être.

— J'ai marché vite, répliqua-t-il.

— On a toujours hâte quand on se sait attendu par l'amour et l'amitié, dit Duhoux, la bouche en cœur.

— Tu ferais bien de changer, reprit Laurence. Notre cousin t'excusera...

— Bon! pensa Duhoux, l'ennemi est là; on redoute que le mari ne dise ou ne commette, devant lui, quelque maladresse, et l'on va le morigéner en conséquence!

Et tout haut :

— Comment donc! comment donc! mon cher Malbranche! Il ne manquerait plus que cela, que vous vous gênassiez pour moi!

Avant de s'éloigner, Claude était allé avec sa femme près des enfants, et, tout en humant son malaga, Duhoux remarqua, du coin de l'œil, que le père et le gendre avaient également rempli leur devoir, l'un en embrassant son fils, l'autre en embrassant son beau-frère.

— Si le fer est au feu, il n'est pas encore rouge, se dit notre observateur; mais il rougira... il rougira!

Le grand cousin remarqua encore que madame Varillat suivait, d'un regard où perçait l'inquiétude, sa fille et son beau-fils entrant dans la maison.

Claude et Laurence étaient seuls.

— Eh bien? fit Laurence d'un ton interrogateur.

— Eh bien! repartit Claude; — il s'arrêta pour regarder sa femme, puis : — d'abord, est-ce que tu ne veux pas que je t'embrasse, ma Laurence? que je t'embrasse bien. Devant ce grand escogriffe de Duhoux, je n'ai pas osé.

Elle lui tendit ses lèvres roses.

— A la bonne heure comme cela! reprit-il. Et maintenant... eh bien! oui : ce que Bénier m'a dit n'est que trop vrai!

— Ah!

De souriante qu'elle était, Laurence devint sérieuse.

— Tu t'en es... assuré?

— Je m'en suis assuré.

Laurence soupira; une larme perla au bord de sa paupière... Claude but cette larme dans un second baiser.

— Pauvre amie! murmura-t-il.

— Ce n'est pas moi qu'il faut plaindre, dit-elle ; c'est ma mère... ma chère mère!...

— Veux-tu que je te raconte comment j'ai su...

— Non! interrompit-elle vivement, non! pas à présent! Je ne pourrais m'empêcher de pleurer de chagrin et de colère en t'écoutant, et je ne veux pas que... ce grand escogriffe de Duhoux — comme tu l'appelles si bien — puisse voir que nous avons des raisons de tristesse, ici!! Il n'en sait que trop déjà, sans doute! Nous n'étions pas ici, maman et moi, quand il est arrivé, et il a causé une heure avec madame Drugeon.

— Oh! s'il a causé avec madame Drugeon, nous sommes fixés!

— Tu me conteras tout, ce soir; à présent, descendons bien vite! Ah! Et si maman te questionnait par hasard...

— Oh! quelle recommandation! T'imagines-tu que je suis assez godiche pour... Et... est-*il* venu aujourd'hui, au bureau?

— Cinq minutes, dans la matinée, avec Armand Ducret.

— Avec Armand Ducret, toujours! Oh! c'est lui, vois-tu, Claude, qui est cause de tout le mal! — Que t'a-t-*il* dit?

— Père? Rien. Ah! si! qu'il ne dînerait pas aux Tilleuls.

— Encore! Cela fait la seconde fois, cette semaine, qu'il ne dîne pas avec nous. Et, justement, ce Firmin Duhoux qui est là!

— Oui; c'est ennuyeux!

— Il faudra dire, tout à l'heure, que tu as vu père et qu'il t'a prévenu qu'il dînerait à Paris.

— Bien.

— Je regrette même que tu n'aies pas dit cela tout de suite! A présent Duhoux y cherchera malice. Et puis, a-t-il encore demandé de l'argent au caissier?

— Cinq cents francs seulement.

— Seulement!... Et lundi il en a pris mille... c'est donc quinze cents en quatre jours! Sans compter les six mille de la semaine dernière! Enfin, nous causerons ce soir... sérieusement. Es-tu prêt?

— Il y a une heure.

— Descendons; et, surtout, observe-toi bien devant le grand cousin!

— N'aie pas peur!...

Duhoux avait deviné que ce n'était pas sans motifs que Laurence emmenait son mari, mais il n'avait pas prévu, cependant, les conséquences de cet *a parte*, aussi fit-il la grimace quand, en revenant à l'endroit où il avait laissé sa belle-mère et le grand cousin, Claude s'écria d'un ton contrit :

— Ah! chère maman, et vous, monsieur Duhoux, excusez, je vous prie, mon étourderie, — d'autant mieux que Laurence m'a déjà assez grondé à ce sujet, — mais j'ai oublié de vous dire que père ne dînerait pas aujourd'hui aux Tilleuls.

— Bah! dit Duhoux.

Madame Varillat pâlit légèrement, mais, affectant de sourire :

— Je vous pardonne d'autant plus votre oubli, mon cher Claude, repartit-elle, que j'aurais dû moi-même avertir mon cousin que, ce matin, en me quittant, Léopold m'avait parlé d'un déjeuner... au restaurant... avec des commettants... auquel il était plus que probable qu'il ne pourrait se dispenser d'assister.

— Eh! eh! pensa Duhoux, pas mal, la réplique, pour n'avoir pas été préparée! Mais ce n'est pas à moi, honnête cousine, qu'on fait accroire qu'en étant instruite, vous n'ayez pas songé à me prévenir que votre cher mari ne brillerait ici, toute la journée, que par son absence!

— Enfin, reprit Claude, nous tâcherons de dédommager M. Duhoux de...

— Oh! riposta Duhoux, certainement j'aurais été très-aise de serrer la main de ce bon Léopold, mais... si je ne le vois pas aujourd'hui, je le verrai un autre jour, voilà tout!... Je ne suis pas, Dieu merci! près de retourner en Russie! et puis, qui sait! un déjeuner se termine d'ordinaire à une heure raisonnable; Léopold arrivera peut-être dans la soirée. Le dernier train pour Paris passe à dix heures à Lagny, je crois?

— Oui.

— Eh! alors, jusqu'à dix heures, j'ai encore de l'espoir!

L'espoir de Duhoux devait se réaliser. On était encore à table, aux Tilleuls, on prenait le café, — et, entre autres observations coïncidant avec les confidences de madame Drugeon, Duhoux avait fait celle que Madeleine Pivot, qui dînait à la table des maîtres, — ainsi que sa collègue, d'ailleurs, — affectionnait particulièrement le mélange du moka et du cognac; la nourrice de l'héritier présomptif avait un faible pour le *gloria*; — bref, il était huit heures à peine quand Varillat, accompagné de son intime ami Ducret, franchit le seuil de la salle à manger. Et avant qu'il n'eût ouvert la bouche, sur le seul examen de son teint animé, de son œil étincelant, bien qu'un peu vague d'expression, Duhoux avait saisi la situation physique et morale de son cousin : le gros marchand de drap avait ce qu'on nomme *une pointe*; il n'était pas ivre; pas même gris : il était gai. Le déjeuner avec les commettants avait été généreusement arrosé, c'était évident. Un domestique l'avait averti de la présence de M. Duhoux; Varillat s'élança vers son cousin, en criant :

— Te voilà, toi! Qu'est-ce que tu es donc devenu depuis des siècles, animal! Ah! je suis fâché de n'avoir pas dîné avec toi, mais Claude vous l'a dit, n'est-ce pas, mes chéries? — mes chéries, c'était Laurence et sa mère; — je l'avais prévenu tantôt que...

— Et tu m'avais prévenue aussi, ce matin, mon ami, dit Caroline.

Varillat regarda sa femme d'un air ébahi.

— Ah! je t'avais aussi...

— Eh! eh! ricana Duhoux, tu as trop ingurgité de champagne, cousin... ta mémoire est restée au fond de ta coupe.

— Du tout! du tout! répliqua Varillat qui, bien que *lancé*, sentit la gaucherie de son étonnement devant le dire de sa femme, j'ai toujours ma mémoire, mon cher Firmin... A preuve, tiens, qu'en causant de toi, dernièrement, avec Ducret, je lui disais que, si les ronces n'existaient pas sur terre, tu les y inventerais! Est-ce vrai, Ducret?

Ducret s'inclina en souriant.

— Ah! vraiment, dit Duhoux, aigre-doux, tu es si aimable, même ne me voyant pas, de t'occuper quelquefois de moi, mon bon Léopold!,

Et, se tournant vers Ducret, Duhoux poursuivit :

— Et ce cher Armand applaudissait, sans doute, à ta... piquante image à propos de mes sympathies pour les ronces?

Ducret secoua négativement la tête.

— Au contraire, mon cher Duhoux, repartit-il, si Léopold est sincère, il vous dira que je vous ai défendu.

— C'est encore vrai! s'écria gaiement Varillat; oui, Firmin, oui, Armand m'a affirmé que tu n'avais d'épines que pour les gens que tu n'aimais pas... Et comme, après tout, quand ce ne serait qu'à cause des liens du sang, je ne dois pas être du nombre de ces gens-là, hein?

— Certes!

— Donc, bien que nous n'ayons pas dîné ensemble aujourd'hui, cousin, cela ne m'empêchera pas de trinquer avec toi, pendant que nous y sommes...

— C'est-à-dire pendant que tu y es.

— Pendant que j'y suis si tu veux. Caroline, fais-nous donc monter deux bouteilles de moët... Tu m'en diras des nouvelles, de ce moët-là, Firmin! Tu n'en buvais pas de pareil en Russie.

— Tu sais donc que j'étais en Russie?

— Parbleu! Et je sais encore que tu y as fait d'excellentes affaires! Et tant mieux pour toi et ta maison! Je ne suis pas jaloux, moi! Et Victor, la nounou? il va bien?

Madeleine Pivot, qui sirotait son gloria, s'interrompit pour répondre :

— Pas plus mal, monsieur.

— Bon! Je lui ai apporté un hochet... Tu vas voir, Caroline... tu vas voir, Laurence... un bijou... deux bijoux; car il y en a deux : un pour Victor, un pour Paul. Oh! quand le père s'occupe de son fils, il songe aussi à son petit-fils! Tenez, regardez-moi cela, mes chéries.

Les deux hochets, — deux merveilles d'ivoirerie, en effet, — firent le tour de la table, aux acclamations enthousiastes de tous. De tous, excepté Françoise Choisnet, la nourrice de Paul, qui dormait sur sa chaise. Elle s'endormait régulièrement à la fin de ses repas, Françoise Choisnet. Mais Madeleine Pivot ne dormait pas, elle, et elle eut soin, après avoir admiré le hochet destiné à son fils nourricier, de s'écrier, interpellant Varillat :

— Et pour ma petiote, monsieur, vous n'en avez pas apporté aussi une machinette comme ça? Oh! pas si belle!... je ne la demande pas si belle, mais...

— Mais tu as raison, Madeleine : je dois aussi un hochet à ta fille, et elle l'aura demain... je te le promets.

— A la bonne heure!

Cependant le vin de Champagne était monté, versé... Duhoux, sa coupe en main, dans une pose solennelle :

— A la santé de MM. Victor et Paul, s'écria-t-il.

Varillat fut sensible à ce toast.

— Merci, Duhoux, dit-il; merci, mon ami.

— Ah! ma foi! reprit le grand cousin, je l'avoue, mon bon Léopold, je ne m'attendais guère, en revenant ici, à trouver ta famille augmentée... dans d'aussi notables proportions; mais ma surprise le cède à la joie! Parole d'honneur, c'est charmant, ces deux enfants, nés le même jour, réunis dans le même berceau!

— N'est-ce pas? s'exclama Varillat.

— Et puis, poursuivit Duhoux, ce n'est pas pour te flatter, Léopold, — tu sais, du reste, que ce n'est pas mon défaut, la flatterie, — mais cela te va joliment bien d'être... une seconde fois... papa! Tu es aussi jeune que ton gendre, maintenant, mon cher! J'espère ne pas être désagréable à M. Claude en disant cela?

— Et pourquoi donc me seriez vous désagréable, monsieur? repartit vivement Claude. Le bonheur de mon beau-père est le mien; je ne puis donc être que très-enchanté que l'influence de ce bonheur s'affirme dans sa personne!

— Oui, oui, dit vivement Varillat, mais je comprends ce que veut dire Duhoux, moi! Il est certain que je ne suis pas assez âgé pour que la naissance de mon fils puisse paraître un fait... extraordinaire... mais, il y a quinze mois, lors de ton mariage, Claude, personne ne prévoyait... et moi, tout le premier... Enfin, je le répète, je comprends Firmin, et sans fausse modestie, j'accepte, comme argent comptant, son compliment! Je lui semble rajeuni... parce que je le suis en effet... Et je le suis... parce que... je me soigne davantage qu'autrefois.

— C'est-à-dire que tu as l'air d'un petit maître, maintenant :

— Oh! un petit-maître... ça ne va pas jusque-là.

— Si! si!... Tu es très-élégant!

— Peuh!... Je m'habillais mal... Je m'habille mieux, voilà tout!... C'est Armand qui m'a donné son tailleur.

— Et ma belle cousine ne se plaint pas, je gage, de ta coquetterie. La femme qui aime son mari sera toujours heureuse des soins que ce mari prend de lui, puisque c'est elle, la première, qui bénéficie de ces soins.

— Certes! oh! ma bonne Caroline ne m'en veut pas de... Mes enfants, si nous faisions monter une troisième bouteille de champagne?

— Non! non! Diable! mais tu veux donc que je me jette dans la Marne en regagnant le chemin de fer, cousin?

— Le chemin de fer!... Brrr!... tu le regagneras demain matin, le chemin de fer!... D'abord, il est dix heures moins cinq, tu n'aurais plus le temps de... Tu partiras demain matin avec Armand et moi.

— Dame! s'il est vraiment trop tard pour...

— Mais oui, mais oui, il est trop tard! Tu couches ici... et nous allons nous livrer à une partie de billard échevelée avant de nous coucher!

— Oh! une partie de billard... quitter ces dames!

— Qui est-ce qui te parle de quitter ces dames? Elles joueront avec nous. Pas vrai, Caroline? pas vrai, Laurence? Une poule... à cinq francs la mise.

— A cinq francs, peste!

— Ah! voilà comme je suis depuis que j'ai un fils, moi! Je ne me refuse plus rien. — Qui m'aime me suive!

La partie de billard se prolongea jusqu'à minuit... Et l'on eût écouté Varillat qu'elle eût duré la nuit entière. Le champagne l'avait complété; sa *pointe* avait pris des proportions qui frisaient l'ivresse; une ivresse très-gaie, d'ailleurs, et qui se traduisait par des plaisanteries — plus ou moins ingénieuses, — à sa femme, à sa fille, à son gendre, à son cousin et à son ami Armand Ducret. Et, tout le monde s'y prêtant, notre homme semblait aux anges. A minuit, cependant, comme il proposait d'entamer une nouvelle partie, Laurence et sa mère s'en étant défendues, force lui fut de monter se mettre, comme tout le monde, au lit. On avait préparé une chambre pour Firmin Duhoux, près de celle d'Armand Ducret.

— Oh! il y avait longtemps que je n'avais passé une aussi agréable soirée!... C'est si bon d'être au milieu de gens heureux!...

Tel fut le dernier mot du grand cousin après avoir souhaité une bonne nuit à ces dames. Quelques minutes plus tard, le fourbe, seul à seul avec Armand Ducret, dans la chambre de ce dernier où il s'était empressé de le rejoindre, entamait ainsi carrément l'entretien :

— Ah çà! mon cher, maintenant, jouons cartes sur table, s'il vous plaît. Où en sommes-nous de *notre* vengeance?

III

ENTRETIENS NOCTURNES

En assistant avec nous à la conversation de MM. Duhoux et Ducret, le lecteur s'édifierait certainement sur nombre de choses intéressantes, mais comme il peut apprendre une grande partie de ces choses de la bouche de personnes qui, supposons-nous, lui sont plus sympathiques, nous le conduirons donc, d'abord, près desdites personnes qui ont noms Laurence et Claude, quitte, pour compléter son instruction, à retourner ensuite avec lui près de MM. Ducret et Duhoux.

On se rappelle que Laurence, à qui Claude offrait des explications sur un sujet non moins scabreux que triste, sans doute, puisqu'elle appréhendait de pleurer de colère et de chagrin en les écoutant, avait remis ces explications à un autre moment. Ce moment, — évidemment celui où elle serait seule avec son mari, — était arrivé... Cependant, la jeune femme ne se pressait pas, — comme c'était son droit et son désir, — de s'instruire... parce qu'elle prévoyait ce qui devait arriver et ce qui arriva en effet. Nos époux commençaient à peine de se déshabiller, lorsqu'on gratta doucement à leur porte.

— Maman... dit, à demi-voix, Laurence à Claude.

— Bon! repartit, sur le même ton, ce dernier, mis en garde par le geste et le regard qui avaient accompagné ce mot.

Laurence ouvrit à sa mère et feignit l'étonnement à sa vue.

— Tu as besoin de moi? demanda-t-elle.

— Père serait-il indisposé? demanda Claude.

Madame Varillat secoua négativement la tête.

— Non, repartit-elle, il est couché; il dort déjà, sans doute. Mais... vous avez l'air d'être surpris de me voir, tous les deux!... n'est-il pas tout naturel que je sache?...

— Que tu saches quoi, mère?

— Enfin, il était convenu que Claude s'occuperait d'apprendre,... de découvrir ce à quoi père passe toutes ses journées avec son ami M. Armand Ducret.

— Ah! fit Laurence, comme une personne à qui revient la mémoire, oui, oui!...

— Eh bien?

— Eh bien, je m'en suis occupé, dit Claude.

— Et vous avez appris?...

— Rien dont il y ait lieu de s'inquiéter sérieusement, chère maman. Ils vont se promener ensemble... déjeuner ou dîner ensemble...

— Cela n'est pas bien criminel, en effet!

— Non. Le plus grave...

— Le plus grave?...

— C'est qu'il paraîtrait que M. Ducret a présenté père dans un cercle.

— Dans un cercle? quel cercle?

— Un cercle où l'on joue.

— Où l'on joue!... ah! mon Dieu!

— La, la,... où l'on joue, mais pas de façon à se ruiner, espérons-le!... Que tu es maladroit, va, Claude, de parler de cela à maman!

— Dame! chère amie, puisqu'elle m'interroge!

— Il a raison! puisque je l'interroge, ce garçon! Avec cela, d'ailleurs, que je n'avais pas vu, tantôt, à ta mine, Laurence, que tu n'étais pas contente! Comment! il joue, maintenant! Et, quoi qu'en dise Laurence, il joue beaucoup.... il perd beaucoup d'argent, n'est-ce pas, Claude? On vous l'a dit?

— Non, il n'en a pas perdu beaucoup... jusqu'à présent; seulement, cela pourrait lui arriver et...

— Et cela ne lui arrivera pas, rassure-toi, mère, parce que je lui parlerai.

— Tu lui parleras! tu lui parleras! Depuis que ce M. Ducret s'est insinué dans son esprit, je crains bien que ton pouvoir sur ton père ne se soit bien affaibli, Laurence! Il joue! il est devenu un joueur!... Il est certain que je préfère encore cela à... C'est égal, c'est bien vilain! bien vilain! Nous abandonner, nous délaisser pour des cartes!... Et puis, qu'est-ce que c'est que cela? lui qui était si sobre, autrefois! Avez-vous vu, ce soir?

— Quoi donc, mère?

— Mais il était gris!

— Oh! dit Claude, il était animé... pas davantage! Il fait si chaud!

— Animé!... Et cette idée, par-dessus le marché, de boire du champagne en jouant au billard!... Il ne pouvait plus se tenir en rentrant dans sa chambre!...

— Il fait si chaud!

— Et maintenant, il dort? demanda Laurence.

— Oh! comme un plomb! Autrefois aussi nous causions toujours un peu le soir avant de reposer; à présent, monsieur dort tout de suite!... Ah! c'est bien singulier, et je n'aurais pas cru que la naissance de cet enfant le changerait à ce point! Vous avez beau dire, voyez-vous! il y a quelque chose là-dessous! autre chose que le jeu.

— Et que veux-tu qu'il y ait, mère? es-tu folle! Père t'aime toujours de toutes ses forces; seulement, tu as raison, depuis que ce M. Ducret est devenu son inséparable... Oh! mais patience! Quoi que tu en penses, je mettrai bon ordre à ces relations... gênantes!

— Dieu t'entende!... Mais il est une heure, et notre bon Claude ne serait pas fâché de se coucher. Je vous ennuie, mes enfants, avec mon bavardage.

— Oh!...

— Je vais m'assurer qu'il n'est pas mal à son aise. Il a tant bu, cela n'aurait rien d'étonnant! Je ne vous l'ai pas dit, mais, la semaine dernière, j'ai passé toute une nuit à lui faire du thé.

— Pauvre mère!

— Oh! oui, Laurence, si tu réussissais à nous débarrasser de M. Ducret, nous serions sauvés, je crois!

— J'y réussirai.

— Il me fait peur, parole d'honneur! cet homme-là, avec son air sournois! Car ce n'est pas à causer qu'il use sa langue, lui!... à causer avec nous, du moins!... Il est probable qu'en compagnie de père... puisque père le trouve si aimable... Allons, bonsoir, Laurence! Les enfants étaient bien, dis? Tu les as vus la dernière.

— Très bien, mère.

— Bon. A demain, Claude!

Madame Varillat n'était plus là; en un clin d'œil Laurence eut achevé de se déshabiller et se fut mise au lit. Alors:

— Et maintenant, dit elle, dépêche-toi de te coucher, Claude, pour me conter tout ce que tu as appris.

— Tout! tout! Ce sera peut-être difficile.

— Pourquoi?

— Parce que... Ah! Bénier n'était que trop bien instruit! C'est une gaillarde, que mademoiselle Julietta.

— Julietta?

— Cette demoiselle avec laquelle Bénier a rencontré père au bois de Boulogne.

— Ah!... Eh bien, si c'est une gaillarde, comme tu dis, dans la mauvaise acception du mot... c'est-à-dire capable d'enlever un honnête homme à sa femme... à sa famille... nous tâcherons d'être une gaillarde, de notre côté... mais pour bien faire!... Mais tu ne te couches donc pas? Mon Dieu! comme tu es lent, ce soir!

— Voilà! voilà!...

Le jeune homme avait pris place près de la jeune femme, au doux contact de laquelle il ne fut pas maître d'un voluptueux frisson. La lueur de la lampe de nuit se projetait sur elle, et elle était bien jolie, bien séduisante, avec sa magnifique chevelure noire tombant en ondoyantes boucles sur ses blanches épaules! Un mari a le droit d'être indiscret, n'est-ce pas? et la morale la plus stricte n'a rien à voir à ce que, près de son mari, une femme ne s'inquiète pas, parce qu'elle aura négligé de boutonner plus ou moins soigneusement le col de sa chemise.

— Que je t'aime! murmura Claude. Que tu es belle, ma Laurence, et que je t'aime!

Elle sourit... permit à deux ou trois baisers de s'égarer, mais, tout à coup, sérieuse:

— J'attends! fit-elle. Qu'est-ce que mademoiselle Julietta?

— Eh bien, d'abord, mademoiselle Julietta, c'est... parbleu! c'est une femme comme il y en a par milliers à Paris; une femme galante.

— Je suppose bien que, si c'était une honnête femme, elle ne serait pas la maîtresse de père. Mais conte-moi tout en commençant par le commencement, pour ne pas nous embrouiller. Comment es-tu parvenu à te procurer des renseignements positifs sur la liaison de cette femme avec père?

— Tu ne me gronderas pas?

— A quel propos te gronderais-je?

— J'entends que... tu conçois?... On ne fait pas d'omelettes sans casser des œufs? Pour avoir ces renseignements, il a fallu...

— Il a fallu ce qu'il a fallu! Je ne suis pas si niaise que de supposer que c'est à l'église que tu es allé pour t'édifier sur le compte de mademoiselle Julietta! Cela t'a coûté des démarches!... de l'argent!... quelques mensonges, peut-être. Tu as questionné un portier!... une femme de chambre!... Eh bien! tu as bien fait! Qu'importent quelques éclaboussures si l'on atteint son but! Explique-toi donc; j'écoute. Explique-toi sans crainte.

— D'abord, mademoiselle Julietta demeure rue Saint-Georges, n° 21.

— Qui t'a donné cette adresse?

— Mais, Bénier, dont un des amis a été deux ans l'amant de la Julietta. Le fils d'un négociant de Bordeaux: un nommé Duhamel, qu'elle a nettoyé de fond en comble!

— Nettoyé?

— Oui; ruiné. L'expression n'est pas de moi, elle est de Bénier, et...

— Bon! bon! mademoiselle Julietta demeure donc rue Saint-Georges, n° 24. Après?

— Après... mais, après?... je suis allé ce matin chez mademoiselle Julietta.

— Ah!

— C'est-à-dire que j'y suis allé sans y aller! Voilà: à neuf heures, ce matin, en descendant de wagon, à Paris, au lieu de me rendre au bureau, j'ai pris une voiture et j'ai filé droit rue Saint-Georges. Entre nous, je n'étais pas bien fixé encore sur ce que j'y ferais, rue Saint-Georges! Mais je me fiais au hasard... et le hasard m'a bien servi, comme tu vas voir... Le hasard et ma bourse. Car, tu as raison: ça m'a coûté dix-sept louis, cette petite plaisanterie. Les mensonges, je ne les compte pas; je les ai passés à profits et pertes. Bref, à neuf heures et demie, je pénétrais dans la maison de la demoiselle. Elle devait être encore au lit... — on se lève à midi dans ce monde-là, je ne courais pas le risque de la rencontrer... Car je n'avais pas envie de la rencontrer! Bigre! Je m'adressai au concierge: — Mademoiselle Julietta, s'il vous plaît? — Au second, la porte à droite, monsieur. — Ah! Et comme je ne bougeais pas, le concierge — une assez bonne figure, — de reprendre: Monsieur a quelque chose à me remettre pour mademoiselle Julietta? Une lettre? un cadeau? ou une facture à toucher, peut-être? Dans ce dernier cas, monsieur ferait bien de revenir, car il est encore de bien bonne heure! — Rien de tout cela. Je voudrais... — l'inspiration m'était venue; — est-ce que mademoiselle Julietta n'a pas une femme de chambre? — Pardon, monsieur; mademoiselle Augustine. Une très-intelligente fille! — Eh bien, c'est à mademoiselle Augustine que je désirerais dire un mot... s'il était possible! — Sur ce: « s'il était possible! » j'avais glissé deux louis entre les doigts du concierge. A l'aspect de l'or, ce cerbère — naturellement coulant, je lui dois cette justice, — devint onctueux. — Monsieur, fit-il, en me saluant, je ne me mêle pas habituellement des affaires de mes locataires, mais quand une personne est aussi généreuse que monsieur, il est très-permis de... Je comprends ce que monsieur souhaite: voir la femme de chambre de mademoiselle Julietta et ne pas voir mademoiselle Julietta, n'est-ce pas? — Juste! — Que monsieur prenne la peine de s'asseoir cinq minutes dans ma loge, je monte près de mademoiselle Augustine et je la ramène à monsieur. — A merveille! Et cela se passa comme il avait été promis. Au bout de cinq minutes, montre en main, j'étais en présence de la fille de chambre; une petite tête de coquine!... Après cela, pour servir des demoiselles Julietta, on ne peut guère exiger des rosières! — Monsieur désire me parler? — Oui, mademoiselle. En particulier. — Cela contrarierait-il monsieur de monter au cinquième, dans ma chambre, ou monsieur préfère-t-il se promener dans la rue? — J'ai une voiture... un coupé, à la porte, mademoiselle. — Bravo! allons en voiture. Mademoiselle Augustine était dans le coupé avant moi. J'ordonnai au cocher de toucher où il lui plairait; je fermai les stores; je ne me souciais pas d'être aperçu en compagnie de mademoiselle Augustine! Ensuite... lui présentant mon porte-monnaie: — Mademoiselle, lui dis-je, il y a trois cents francs là-dedans. Vous sourit-il de les gagner? Elle rougit de joie. — Monsieur est amoureux de madame? — Nullement! je n'ai pas même l'avantage de la connaître. Mais j'ai un ami... qui a été très-épris d'elle... et qui, par des motifs qu'il ne m'appartient pas de dévoiler, bien que séparé depuis longtemps de mademoiselle Julietta, serait aise de savoir quel est, pour le quart d'heure, son remplaçant. — Est-il défendu de vous demander le nom de cet ami? — Oh! ce nom ne vous apprendrait rien! Ce que je vous garantis, c'est que ces renseignements ne sont pas susceptibles de porter préjudice à votre maîtresse. Mon ami habite aujourd'hui la province, et... — La province! je sais qui c'est. Il se nomme Georges Duhamel, votre ami. Je ne répondis point. Une façon de laisser le champ libre aux suppositions de la fille de chambre. Elle poursuivit: — Mon Dieu! monsieur, dès que vous me jurez que ce n'est pas pour nuire à madame que vous m'interrogez... je serais bien bête... C'est gentil; trois cents francs! J'ai justement envie d'une montre à remontoir! Madame est, pour le quart d'heure, avec un vieux. — Un vieux? — Un vieux pas absolument vieux... mais pas de la première jeunesse, non plus! Enfin, vous savez, nous appelons généralement un vieux, celui qui paie... Celui qui ne paie pas, eût-il quatre-vingt-dix ans, serait jeune, puisqu'on l'aimerait! — Et le vieux en question se nomme? — M. Varillat. — Il y a longtemps qu'il est avec madame? — Trois mois bientôt. — Comment l'a-t-elle connu? — Une amie à elle qui le lui a procuré; mademoiselle Nina Graindorge est avec un ancien associé d'agent de change, M. Armand Ducret; M. Armand Ducret est très-lié avec M. Varillat; M. Varillat s'ennuyait, à ce qu'il paraît. — Il est marié, cet homme, depuis vingt ans! — M. Ducret a dit à mademoiselle Nina: «As-tu une amie pour mon ami?» On a dîné ensemble. Le Varillat est très-riche; pas malin, avec ça. Un homme qui a toujours été sage comme une image. Madame a senti un pigeon à plumer... et elle le plumera au vif, rapportez-vous-en à votre servante!... Il est amoureux fou. De son côté, madame, en fine mouche qu'elle est, a rompu net en visière avec un petit amant de cœur qu'elle avait... un petit acteur du théâtre Déjazet; un bien drôle de garçon! mais le Varillat n'aurait eu qu'à découvrir le pot aux roses!... Flambé!... Et madame pense au solide avant l'agréable!... — Et est-ce que M. Varillat voit madame tous les jours? — Tous les jours que Dieu fasse, et plutôt deux fois qu'une! Puisque je vous répète qu'il en est toqué!

Claude s'était arrêté à ce passage de son récit; il reprit en serrant Laurence contre lui:

— J'ai honte de tout ce que je te raconte là, petite femme, mais puisque tu as exigé que je ne te cachasse rien!

LA FILLE A SON PÈRE

PAR HENRY DE KOCK.

La fille à son père dans le parc, à cinq heures du matin. (Page 27.)

— N'est-il pas indispensable que je sache tout pour arriver à tout briser? repartit Laurence. Et comment s'est terminée ton entrevue avec mademoiselle Augustine?

— Mais je lui ai remis les trois cents francs, et elle a sauté du coupé dans le premier fiacre qui passait pour retourner rue Saint-Georges.

— Et tu crois qu'elle ne parlera pas à sa maîtresse?...

— De cette aventure? non. Je lui ai promis que, si elle était discrète, elle aurait prochainement des nouvelles... sonnantes, de mon ami. Qu'elle soit fort intriguée de l'aventure, c'est possible, mais son intérêt étant de se taire, elle se taira.

— Ainsi, fit Laurence, il n'y a plus à douter! mon père a une maîtresse! Et quelle maîtresse!

— Oh! celle-là ou une autre!

— En effet, de quelque côté que vienne le malheur, ce n'en est pas moins le malheur! Et c'est M. Armand Ducret qui lui a procuré cette maîtresse!

— Oui, et cela est bien ignoble de sa part, à ce monsieur!... Et il mériterait qu'on le traitât... plus que sévèrement. Qu'il s'amuse avec les demoiselles... les *cocottes*... — on les appelle des *cocottes*, — tant qu'il lui plaira, lui... soit! il est garçon. Mais entraîner à mal un homme marié!... Il aurait des sujets de haine contre ta mère qu'il n'agirait pas autrement. Et puis, que décides-tu, petite femme?

— Je ne décide rien encore, mon ami. La situation est trop grave pour la résoudre en un instant. Je ferai comme toi... dans la loge du concierge de mademoiselle Julietta; j'attendrai l'inspiration.

— Enfin, je ne m'en suis pas trop bêtement tiré, dis ?

— Non ! non ! Mais est-ce que tu peux faire quelque chose de bête, toi !

— Oh ! oh ! des compliments ! pour la peine, je t'embrasse.

— Quoi qu'il advienne, tu te rappelles nos engagements, Claude? Je me suis réservé le soin de conduire cette affaire : je la conduirai donc.

— Certainement ! Oh ! c'est juré ! tu es le général, je suis l'aide de camp. Sans cela, parbleu ! t'imagines-tu que je n'aurais pas déjà dit, dans un coin, à M. Armand Ducret, qu'il n'est qu'un méchant et un drôle !

— Je ne suspecte pas plus ton courage que ton esprit, mon ami, mais un homme, à qui un autre homme dit et prouve qu'il est un méchant et un drôle, se fâche... D'une querelle résulte un combat... Et c'est ce que je veux éviter, par-dessus tout, s'il y a lutte, ce sera entre M. Ducret et moi, je lui démontrerai bientôt que ce n'est pas pour rien qu'on m'a appelée la fille à son père !... Si mon père faiblit; je ne faiblirai pas, moi ! Et quoi que j'ordonne, tu m'obéiras, Claude?

—Mais puisque je vous répète, général, que je suis prêt à marcher en avant, les yeux fermés ! En attendant...

— Nous allons dormir. Deux heures sonnent.

— Oh ! dormir ! nous pouvons bien causer encore un peu, ma Laurence... causer de choses plus agréables que tout cela ! Ce n'est pas ma faute à moi, si père... Quand on aime son mari, madame... on le lui dit.

Laissons les jeunes époux à leurs amours, nous retournerons maintenant, comme c'était notre intention, près de MM. Ducret et Duhoux, dont l'entretien touche à sa fin. Ecoutons-les :

— Jouons cartes sur table ! avait dit Duhoux à Ducret. Où en sommes-nous de *notre* vengeance?

Et Ducret avait joué *cartes sur table*. Jugeant, sans doute, le moment opportun de débrider sa langue, lui qui, nous le savons, était plus que rétif aux confidences, il avait expliqué, dans les plus minutieux détails, à Duhoux, comme quoi, à son instigation, depuis trois mois, Varillat était au pouvoir d'une Armide, douée d'un si remarquable talent comme prestidigitation, qu'il y avait tout lieu d'espérer qu'elle ne lâcherait pas le gros marchand avant de lui avoir escamoté au moins une couple de centaines de mille francs. Et ce n'est pas tout, avait ajouté Ducret ; comme la plupart des gens qui s'y prennent sur le tard pour déployer leurs vices, Varillat a des remords de conscience... Il veut bien tromper sa femme, mais il ne veut pas que sa femme sache qu'il la trompe... J'ai fait la leçon à ce sujet à Julietta.

— Ah ! l'Armide se nomme Julietta ? Une Italienne,

— De Grenelle, oui. Julietta a ordre de ménager, sinon la bourse, au moins — pendant quelque temps — les délicatesses conjugales de Varillat... Puis, à un moment donné, de casser les vitres.

— Comment cela?

— En donnant à opter à son galant entre elle et sa femme.

— Bravo ! le coup de grâce ; car, évidemment, Varillat ne se résignera point à quitter une maîtresse qui l'adore...

— Au point de ne pouvoir supporter le partage.

— Mais tout cela est très-fort ! très-fort ! mon cher Ducret ! Mes félicitations sincères ! Un vieux ménage troublé... la discorde par ci... la ruine par là... Mais comment êtes-vous parvenu à dominer de la sorte le cousin?

Ducret sourit de son mauvais sourire.

— La faute de madame Varillat.

— Bah !... je ne comprends pas.

— C'est pourtant bien simple ! Si madame Varillat ne s'était pas avisée de faire un enfant à trente-sept ans, le même jour que sa fille, Varillat ne se fût pas imaginé qu'il était encore un jeune homme, et, par conséquent, je n'eusse pu l'entraîner, comme tel, à commettre des extravagances. La naissance de cet enfant a été le point de départ de mes opérations machiavéliques. Je m'étais juré de punir Laurence de ses mépris... et quelle meilleure manière de la frapper que de m'attaquer aux personnes qui lui sont chères : sa mère et son père !

— Mais le Malbranche n'aura-t-il pas aussi sa part de?...

— Nous nous occuperons de lui tout à l'heure, mon cher Duhoux. Oh ! votre retour inattendu à Paris m'a ouvert des horizons nouveaux !

— Tiens ! tiens ! Vraiment, j'aurais le plaisir de jouer un rôle dans la conspiration !

— Et un rôle en première ligne, et qui peut être pour vous la source d'une fortune.

— Diable ! mais vous me mettez l'or à la bouche.

— Somme toute, n'est-ce pas? la ruine de Varillat n'est pas d'absolue nécessité? Nous lui en voulons moins, à lui...

— Qu'à Laurence et à Claude, oui.

— Eh bien, tandis que vous buviez du champagne avec votre cousin, ce soir, je dressais notre plan de campagne... que je vais vous soumettre.

— Soumettez ! soumettez !

— Prêtez-moi toute votre attention. Varillat est tout disposé à dépenser beaucoup d'argent pour Julietta; il lui a déjà donné une vingtaine de mille francs...

— En trois mois ! c'est gentil, pour un débutant !

— Oui, mais, je vous le répète, — avec moi il ne s'en cache pas, — il en coûte à Varillat d'avoir à supporter le contrôle de son gendre sur ses dépenses; chaque fois qu'il prend de l'argent à la caisse, cela l'ennuie que Claude le sache. Or, il est un moyen de lui procurer le libre maniement de ses fonds; et ce moyen lui a déjà trotté par la tête.

— Et c'est?

— Vous ne devinez pas? Qu'il se présente à lui une bonne affaire, et il n'y résistera pas; il s'y fourrera jusqu'au cou.

— Hum ! Mais Claude... et surtout Laurence, ne verraient pas gaîment papa Varillat se séparer d'eux pour s'associer avec un étranger !

— Raison de plus pour pousser papa Varillat sur cette pente ! Le gendre et la fille se fâcheront; ils feront des représentations, qui à son beau-père, qui à son père ; ce dernier, par amour-propre, les enverra promener.

— Croyez-vous?

— J'en suis sûr. Votre cousin n'a qu'un désir : redevenir son maître, complétement son maître comme négociant, pour être son maître comme homme, c'est-à-dire comme amoureux.

— Vous êtes sûr que Varillat romprait son association avec Malbranche?

— Si celui-ci le prend sur un ton trop haut avec lui, oui.

— Après tout, on ne risque rien d'essayer de...

— Vous risquez d'autant moins que je me charge, dès demain matin, de préparer Varillat à des ouvertures de votre part. Quitteriez-vous sans regret la maison Bonnifoux?

— Sans le plus léger regret, si cette séparation devait m'être profitable.

— Avez-vous quelques idées... commerciales sur la planche?

—J'en ai toujours sur la planche, des idées commerciales! il ne me manque que des fonds pour les exploiter.

— Votre cousin vous en fournira, des fonds... et moi-même, si vos idées sont bonnes, je m'y associerai de ma bourse.

— Bravo! Eh! eh! le Malbranche resterait réduit à ses propres ressources.

— J'y compte bien!

— Il végéterait!

— C'est mon espoir.

— Et la belle Laurence en pleurerait des larmes de sang!

— C'est mon rêve.

Duhoux contempla Ducret dans une sorte d'extase admirative.

— Ah! s'écria-t-il, vous n'y allez pas de main morte, vous, quand vous haïssez! c'est autre chose que moi! Mais... une observation.

— Faites.

— Est-ce que vous espérez aussi, par hasard, en lui enlevant son père et en condamnant son époux à la portion congrue, vous rapprocher jamais de Laurence? J'en doute, moi.

— Et moi, je n'en doute pas! répliqua Ducret. Laurence me déteste déjà, elle me détestera davantage lorsqu'elle saura que j'ai été l'instrument de ses chagrins.

— Eh bien?

— Eh bien! c'est tout ce que je demande : qu'elle m'exècre... jusqu'à la rage. Je ne me suis jamais leurré, mon cher; ce n'est que dans les romans qu'on voit des femmes se mettre, du jour au lendemain, à chérir des hommes qu'elles abominaient. Laurence est trop fière pour revenir jamais sur le passé.

— Et vous ne tenez pas à ce qu'elle y revienne?

— J'y tiendrais... s'il était possible; mais, puisqu'il est impossible, j'agis en conséquence : impuissant à faire du bien à Laurence, je lui fais du mal.

Quelque méchant qu'il fût de sa nature, Duhoux ne put se garder d'un frissonnement en entendant cette sinistre profession de foi.

— Oh! l'eau qui dort, pensa-t-il, on a bien raison de dire que c'est la pire!

— Et sur ce, conclut Ducret, il est tard; séparons-nous. Dans la journée, demain, c'est convenu, je parlerai à Varillat... Le soir, nous dînerons ensemble à Paris... Soyez adroit... parvenez à le tenter... et je vous garantis qu'au dessert Varillat sera, pieds et poings liés, à nous.

— Bien! je vais, dès cette nuit, dresser mes batteries.

— Dressez... Et chargez vos canons à mitraille, il s'agit de vaincre... ou de mourir!

IV

LA GUERRE EST DÉCLARÉE.

En réalité Laurence n'était pas si certaine qu'elle voulait le paraître de ramener son père dans la bonne voie, et le récit de Claude n'avait pas contribué à donner, tendant vers ce but, de l'espoir à la jeune femme... Ce qui n'avait été, jusque-là, qu'un soupçon chez elle, était maintenant une certitude : son père trahissait la foi conjugale!... Mais après? parce qu'elle savait le nom et jusqu'à la demeure de la maîtresse de son père, était-il permis... était-il possible à Laurence de rien entreprendre contre cette maîtresse?

Laurence se levait de bonne heure, aux Tilleuls; à cinq heures, au plus tard, laissant son mari reposer, elle se plaisait à descendre se promener dans le parc. Ce matin-là, — soit le lendemain des événements que nous avons précédemment rapportés, — à quatre heures et demie, la jeune femme sautait à bas du lit. Elle s'habilla vivement, sortit sans bruit de sa chambre à coucher, et, après avoir donné, en passant, un baiser aux deux enfants, — son fils et son frère, — qui dormaient près de leurs nourrices dans une pièce au rez-de-chaussée, elle gagna, en traversant le vestibule désert, le perron, et se trouva dans le parc. Le temps était couvert, sombre et triste, un temps qui n'était pas fait pour dissiper la secrète oppression de Laurence. Les oiseaux mêmes, si joyeux d'ordinaire au matin, se taisaient sous l'ombrage. Elle allait par la grande allée, s'arrêtant machinalement une seconde pour cueillir une fleur... Soudain, au détour d'un sentier, elle tressaillit... Plongée qu'elle était dans ses rêveries, elle n'avait point entendu un bruit de pas sur le sable... Armand Ducret était devant elle. A l'aspect inopiné de l'homme qui, elle n'en pouvait douter, — elle n'en doutait pas, — était l'artisan de ses ennuis, de ses chagrins, — et de ceux de sa mère et de son mari, — le premier mouvement de Laurence fut de faire retraite... Mais fuir l'ennemi... et cela sur son propre terrain, à elle... chez elle... n'était-ce pas lui montrer qu'on le redoutait? La jeune femme répondit au salut de Ducret, et, comme il s'était arrêté, elle s'arrêta.

— Vous êtes matinale, madame, dit-il.

— Oui, monsieur ; c'est mon habitude de l'être.

— Je le sais; plusieurs fois, moi-même, levé de grand

matin aux Tilleuls, j'ai eu occasion de... Cependant le temps n'est pas très-beau aujourd'hui.

— En effet.

— Et M. Malbranche dort encore, lui?

— Je le suppose.

— Vous avez cueilli là de bien jolies fleurs, madame! Ce bouton de rose surtout!... un peintre l'envierait pour modèle! Vous permettez?...

Ducret avançait la main comme pour prendre la fleur qui excitait son admiration, afin de l'examiner de plus près... Laurence recula son bouquet.

— Oh! pardon! s'exclama Ducret, c'est juste! je suis indiscret!... Et puis, un premier tort, j'ai interrompu votre promenade!... Je vous salue, madame.

Il s'écartait, en prononçant ces mots, laissant le chemin libre devant Laurence... Mais, immobile et le regardant en face:

— Monsieur, dit-elle d'une voix singulièrement grave, il n'est pas possible, vous ne vous êtes pas levé... avec l'aurore... et vous n'êtes pas descendu dans le parc, où vous m'aviez vue descendre, uniquement pour m'entretenir de fleurs... et du temps! Vous aviez une intention quelconque en venant à moi. Laquelle?

Surpris de cette interpellation *ad hominem*, Armand Ducret se taisait.

— Eh bien? reprit Laurence.

— Eh bien!... vous vous abusez, madame... je...

— Vous mentez, monsieur!

— Madame!

— Je vous répète que vous mentez... Je vous répète que vous n'êtes pas, à cette heure, ici, pour rien! Et je vais vous dire pourquoi vous y êtes. Vous me haïssez, monsieur. Vous me haïssez parce que j'ai refusé d'être votre femme... et vous êtes bien convaincu que cette haine que vous m'avez vouée, je vous la rends... oh! au centuple!... Cependant, comme, au fond, vous n'êtes pas aussi méchant que vous voudriez l'être, après m'avoir fait déjà bien du mal... dans la personne de gens qui me sont chers... près de m'en faire peut être davantage, l'idée vous a pris de vous assurer si je ne serais pas disposée à mériter que vos rigueurs envers moi... — envers *nous*, — s'adoucissent... Niez que tout ce que j'avance là n'est pas la vérité!

Armand Ducret était très-pâle.

— Madame, dit-il, ce que je nierai d'abord, c'est le sentiment que vous m'attribuez. Je ne vous hais pas. Pourquoi vous haïrais-je?

Laurence haussa les épaules.

— Allons, dit-elle, d'un ton de mépris, vous n'avez pas même le courage de votre opinion, monsieur; je me trompais: non-seulement vous êtes méchant, mais vous êtes lâche! Vous niez... quand tout dans votre conduite affirme!... Soit! brisons là. C'est trop d'honneur que je vous faisais en vous demandant une explication loyale!

La jeune femme s'éloignait, mais, se précipitant vers elle et la retenant...

— Vous l'exigez, madame, s'écria Armand Ducret, j'y consens... Ces explications loyales, je vous les donnerai. Aussi bien, vous avez raison: je suis venu à vous, ce matin, dans la pensée... qu'un état de choses pénible pour vous comme pour moi pourrait bientôt cesser... Qu'il ne dépendait que de vous qu'il cessât. Oui, madame, je vous hais... de toutes les forces de l'amour que j'avais autrefois pour vous. Je vous hais parce que vous êtes heureuse avec un autre... quand j'avais rêvé que vous le seriez avec moi. C'est odieux, mais cela est; j'éprouverais autant de joie aujourd'hui à voir votre visage inondé de larmes et à me dire: « C'est moi qui les fais couler! » que j'aurais autrefois ressenti d'orgueil et d'ivresse à causer un seul de vos sourires! Vous ne m'accuserez plus de lâcheté, j'espère, madame; je me dévoile tout entier à vous. Mais, — vous avez raison encore, — je ne suis pas aussi méchant que je voudrais... que je m'étais promis de l'être... et la preuve...

— La preuve?

— C'est que je vous offre la paix. Tenez, cette nuit même, je disais à... je me disais que tout rapprochement entre nous était impossible... que je n'en tenterais aucun, certain que j'étais que cette tentative échouerait... Eh bien, un seul mot... un geste... un signe de votre part qui m'atteste que... cette main, que vous m'avez refusée comme époux, vous me la donnerez un jour comme ami, et...

— Et?...

— Et je m'humilie, dès cet instant, je me prosterne devant vous... je rachète par un dévouement sans bornes tous mes torts! Oh! vous m'avez compris, d'ailleurs; c'est dans l'avenir seulement que je vous demande un peu d'amitié. Je suis las de mon œuvre infâme, Laurence! Pitié pour moi... pitié pour vous!...

Cédant à sa passion, si longtemps comprimée et d'autant plus violente, Armand Ducret allait tomber aux genoux de la jeune femme... Il n'en eut pas le loisir. Un sourire amer plissait les lèvres de Laurence.

— Merci de vous être si bien dévoilé, monsieur, dit-elle. C'est tout ce que je demandais, bien que je n'eusse pas besoin de cela pour vous apprécier à votre juste valeur!... Cependant je serai généreuse. Vous m'offrez... vous *daignez* m'offrir la paix... je l'accepte... et je vous promets, en échange, l'oubli... Mais à cette condition que vous aurez quitté, dans une heure, cette maison, pour n'y jamais reparaître.

— Jamais?

— Jamais... Ah! ah! monsieur, mais vous êtes donc fou, après la confession que je viens de vous arracher, de croire que je puisse tôt ou tard être votre amie! Oh! ne pactise pas avec des hommes de votre sorte, monsieur; quand on a du sang dans les veines... du feu dans l'âme!... on commande, parce que c'est son devoir... et son droit!... Le seul mot dont je puisse vous faire l'aumône est celui-ci: « Adieu! » Et je vous engage à vous y soumettre, car, par tout ce que je sais de sacré au monde, si vous ne partez pas aujourd'hui, je vous ferai chasser demain!

Armand Ducret se redressa, livide.

— C'était un piége! murmura-t-il, et, comme un sot, je m'y suis laissé prendre! Bien joué, madame! Je suis à terre... Frappez! faites moi chasser!... Allez conter, si vous l'osez, à votre mari, à votre père, cet entretien!...

Laurence hocha la tête.

— Vous savez bien, monsieur, dit-elle, que je n'exposerai ni mon mari, ni mon père, à vous demander compte, l'épée en main, de vos turpitudes! Ce n'est ni mon père, ni mon mari, qui vous mettra honteusement hors d'ici... tôt ou tard... si vous refusez d'en sortir de votre plein gré.

— Et qui sera-ce donc ?

— Les domestiques.

— Les domestiques! Ah! bah! comme un voleur! Parbleu! je suis curieux de voir cela, madame, et j'attends de pied ferme l'aventure!...

Laurence sourit dédaigneusement.

— Attendez-la donc puisqu'il vous plaît.

Et, sur ce, la jeune femme tourna le dos à Armand Ducret. Il était seul.

— Idiot! triple idiot! s'exclama-t-il, assouvissant sa rage sur un banc de gazon, qui n'en pouvait mais, et qu'il martela de coups de pied, moi qui, cette nuit encore, attestais l'indomptable fierté de cette femme, il a fallu que j'en fisse, à mes dépens, une nouvelle épreuve!... Ah! ce sont les valets qui me chasseront d'ici!... Comment? pourquoi? puisque, — elle en convient elle-même, — elle ne dira rien ni à son père ni à son mari! Eh bien, nous verrons! La guerre est déclarée, plus acharnée que jamais, entre nous, belle Laurence!... tant mieux!.... Vous m'avez menacé... moi je vais agir.

Claude Malbranche se rendait, le matin, à Paris, par le premier train venant de Meaux et passant à huit heures à Lagny. Moins pressé, Varillat partait par le train de neuf heures. Ce qu'il fit encore, ce jour-là, en compagnie de son ami Ducret et du grand cousin Duhoux. Il était rayonnant, le grand cousin; en revoyant Ducret, le matin, il lui avait dit :

— J'ai notre affaire, mon cher! j'y ai songé toute la nuit!... Vous verrez... une idée splendide.

— C'est bien, avait répondu Ducret, ruminez-la, votre idée, couvez-la; ce soir, à dîner chez Brébant, vous nous la développerez.

Qu'était-ce que cette *idée splendide ?* Voici : Varillat voulait se remettre dans le commerce ; eh bien, Duhoux proposerait de fonder, en association avec lui — et Armand Ducret, s'il plaisait à ce dernier, — une maison de commerce de laines. Son séjour en Russie, d'où la France tire la plus grande partie des laines qui lui servent à confectionner ses draps, avait mis le grand cousin en relations avec les premiers importateurs en ce genre; rompant, sans autres cérémonies, en visière avec la maison Bonnifoux, Ducret utiliserait ses connaissances acquises au profit de Varillat et de Ducret... et, bien entendu, au sien propre... Il se faisait fort d'avoir, avant deux ans, créé un établissement avec lequel compteraient toutes les manufactures de Paris et de la province. Et, somme toute, Malbranche — le gendre de Varillat, — n'aurait pas le droit de s'effaroucher de ce que son beau-père songeât de nouveau à s'occuper, puisque ses occupations ne seraient pas rivales de celles qu'il avait abandonnées. Un marchand de laines n'est pas le concurrent d'un marchand de drap; au contraire, l'un sert l'autre.

Nous ne raconterons pas, mot à mot, comment, en dînant avec son cher cousin et Armand Ducret, — chez Brébant, — Duhoux leur développa son idée entre la poire et le fromage. Nous supposons que cela intéresserait médiocrement le lecteur. Nous nous contenterons de dire que, préparé, et très-habilement, par Ducret, Varillat, reléguant dans le troisième dessous ses anciennes antipathies pour le grand cousin, accueillit à merveille ses ouvertures. Ainsi que l'avait présumé Duhoux, ce qui entraîna Varillat, ce fut cette considération que son gendre n'aurait pas à lui reprocher de lui faire concurrence. Ce qui le décida absolument, c'est qu'Armand Ducret trouva l'affaire si excellente, qu'il demanda comme une faveur d'y participer.

— J'ai cent mille francs de disponibles, dit-il à Varillat, je te les offre.

— Et je les accepte! s'écria Varillat. Cent mille francs pour ta part... deux cent mille pour la mienne... l'intelligence, le zèle, l'activité de Duhoux... avec ces capitaux nous entamerons carrément l'action...

— Et nous y récolterons avant peu, tous trois, de quoi mettre pas mal de beurre dans nos épinards! s'écria gaiement Duhoux. Et puis, quand signons-nous l'acte d'association?

— Mais, demain, dit Ducret.

— Demain... ou après-demain, dit Varillat. Avant tout je désire causer avec mon gendre et ma fille... et ma femme. Vous concevez, mes enfants, je suis certainement mon maître, mais, sur le point de me lancer dans une opération, il est au moins convenable...

— Que tu en informes ta famille, c'est évident, dit Duhoux. Cependant, si ta famille allait trouver cette opération mauvaise?

— Ce à quoi je m'attends! appuya Ducret. Duhoux n'est pas, que je sache, en odeur de sainteté près de madame Varillat et de madame Malbranche, et, moi-même... hum!... on m'en veut, et beaucoup, chez toi, mon cher, de t'accaparer depuis quelques mois!...

— Allons donc! allons donc! repartit Varillat, vous êtes dans l'erreur, messieurs; ma femme et ma fille ont une affection trop sincère pour moi pour... sapristi! d'ailleurs, c'est dans leur intérêt aussi que je veux gagner de l'argent... dans l'intérêt de tous!... J'ai un fils.. je n'avais pas de fils, j'ai un fils, à présent; c'est pour lui d'abord que je vais augmenter ma fortune... mais ce n'est pas pour lui seul, que diable!...

— Enfin, dit Duhoux, je suis à tes ordres. Tu comprends, Léopold, que je ne puis rien faire avant d'être positivement fixé!... Il ne serait pas jovial pour moi de lâcher les Bonnifoux, chez lesquels je pelotonne mes petits huit à dix mille francs par an, pour rester, comme on dit vulgairement... assis entre deux selles.

— Mais n'aie donc pas peur! Je ne suis pas une girouette! Ce qui est dit est dit. Voyons, nous sommes aujourd'hui le 12; eh bien, le 20, sans autre délai, nous terminerons. Cela vous sied-il comme cela, mes enfants?

— Très-bien! s'écrièrent Ducret et Duhoux.

— A présent, tu ne m'en veux pas, cousin? mais, avant de regagner les Tilleuls, j'aurais une petite course à faire quelque part avec l'ami Ducret.

— Bon! bon! Allez, allez, messieurs!

La petite course avait pour objet un tendre bonsoir à dire à mademoiselle Julietta. Elle s'était montrée un peu maussade, ce jour-là, mademoiselle Julietta, avec son Léopold... Son Léopold allait l'égayer en lui portant un petit bracelet de quinze cents francs.

C'était donc le 12 que, piloté par Ducret, Vincent Duhoux — le rêve de sa vie! — avait emporté d'assaut la parole de Varillat pour une association commerciale... Le 13, de retour aux Tilleuls, avant Varillat, comme toujours, Claude Malbranche, prenant sa femme à l'écart, lui disait :

— Une nouvelle tuile!

— Qu'est-ce?

— Devine ce que père est venu m'annoncer tantôt au bureau!

— Je ne devine pas. Parle.

— Il se remet dans les affaires...

— Il se remet dans les affaires! Comment cela?

— Il fonde une maison de commerce de laines en gros... des laines de Russie et d'Amérique... de concert avec MM. Ducret et Duhoux.

Laurence fronça les sourcils.

— De concert avec MM. Ducret et Duhoux! répéta-t-elle; avec nos deux plus mortels ennemis!... — les siens aussi!... — Duhoux, un méchant homme... et un incapable! Il le disait lui-même autrefois, père! Ducret... Mais c'est notre ruine à tous, ce projet!

— Je le crains!

— Et qu'as-tu répondu à cette étrange communication?

— Rien, quoique la langue me démangeât terriblement! Mais je n'ai pas voulu lui lâcher la bride avant de t'avoir consultée.

Laurence embrassa Claude sur les deux joues.

— A la bonne heure! fit-elle; tu m'aimes, toi! Et tu as confiance en moi parce que tu m'aimes!... Et tu as raison d'avoir confiance, va! Et père l'a-t-il autorisé à me parler de cette belle entreprise, ou est-ce sous le sceau du secret que?...

— Oh! il ne m'a ni invité à me taire ni défendu de parler!... Son intention, du reste, est de vous tout apprendre aujourd'hui, à ta mère et à toi, à dîner.

— Ah!... tu en es sûr?

— Très-sûr! Il m'a formellement dit qu'il viendrait dîner ce soir aux Tilleuls avec ses deux associés... qu'il vous présenterait à ce titre.

— Il suffit. Quelle heure est-il? Cinq heures; nous avons encore le temps de causer, mère, toi et moi, avant que père... et ses associés arrivent. Viens!

Laurence, sa mère et son mari s'entretinrent une grande heure, soigneusement enfermés tous trois dans un pavillon rustique au fond du parc. Quel fut l'objet de cet entretien? On le devine Quel en fut le résultat? On le verra. Ce qu'il importe que le lecteur sache tout de suite, c'est que, dans cette alliance aussi offensive que défensive, c'est Laurence qui prit, d'emblée, le commandement. Elle fut — suivant l'expression de Claude — le général; sa mère et son mari acceptèrent, sans conteste, l'office de ses aides de camp. Cependant le général soumit-il son plan de campagne à ses deux officiers? Non; Madame Varillat dut rester, et pour cause, étrangère à certaines ruses de guerre que Laurence se proposait d'employer avant peu pour s'assurer la victoire. Et, toutes les batteries dressées, la bataille s'engagea, — comme il avait été stipulé entre la fille à son père et ses alliés, — par un mouvement stratégique qui n'étonna pas peu les assaillants. Vers la fin du dîner, auquel assistaient Armand Ducret et Vincent Duhoux, Varillat, affectant un ton léger, dit à sa femme et à sa fille :

— A propos, mes chéries, Claude vous a dit un mot, j'imagine, à ce sujet? Vous savez que Ducret, Duhoux et moi, nous nous établissons marchands de laines?

— En effet, mon ami, répondit madame Varillat, Claude nous a parlé de cela tantôt.

— Et qu'est-ce que vous en pensez?

— Mais ce que tu en penses toi-même, sans doute, père, répondit Laurence; puisque l'affaire te plaît... c'est qu'elle est bonne.

Ducret et Duhoux échangèrent un regard en dessous; à leur sens, pareille gracieuseté cachait un piège. Varillat, lui, n'y vit pas si loin; tout aise de ne point rencontrer plus d'opposition à un projet dont instinctivement il sentait la sottise; il reprit :

— Bravo! mes chéries; je suis enchanté... je suis ravi de... Vous concevez, ce n'est pas parce que je m'occuperai de mon côté avec ces messieurs que... — lorsqu'on est intelligent, on peut très-bien faire marcher de front deux affaires...

— Évidemment! dirent en chœur Laurence, Claude et madame Varillat.

— Et, maintenant, puisque nous sommes si bien d'accord tous, poursuivit Varillat, je propose un toast à la nouvelle maison Ducret, Duhoux et Cie!

— Très-volontiers! répliqua Laurence. Alors... *la compagnie*, c'est toi, père?

— Oui. Étant déjà en nom avec ton mari, je n'ai pas jugé utile...

— D'y être encore avec ces messieurs; c'est tout simple!

Claude avait débouché une bouteille de vin de Champagne... On trinqua à l'avènement prochain de la nouvelle maison.

— Qu'est-ce que cela signifie? disait, quelques instants plus tard, Duhoux à Ducret, en se promenant avec ce dernier sur la pelouse; ils avalent la pilule sans une grimace!...

— Ils avalent trop facilement la pilule, c'est invraisemblable! repartit Ducret. Il y a quelque coup de Jarnac sous jeu!

— Je suis de votre avis.

— Enfin, nous verrons bien! Quoi qu'il en soit, dépêchez-vous de faire rédiger l'acte.

— Soyez tranquille, j'ai vu le notaire ce matin; demain

il m'en remettra la minute que je vous soumettrai.

Le lendemain matin, quand Varillat, le grand cousin, et Armand Ducret quittèrent les Tilleuls, ce fut sans avoir vu Laurence.

— Laurence, dit sa mère à ces messieurs, avait été un peu indisposée dans la nuit; elle reposait encore.

Laurence n'avait pas été indisposée dans la nuit; Laurence ne reposait pas quand son père et MM. Ducret et Duboux quittèrent les Tilleuls... Laurence était partie, une heure auparavant, en secret, avec son mari, pour Paris, par le premier convoi. Arrivée à neuf heures au boulevard de Strasbourg, Laurence, se séparant de Claude, montait dans une voiture de remise.... A neuf heures vingt-cinq minutes, elle descendait rue Saint-Georges, devant la maison où habitait la maîtresse de son père, mademoiselle Julietta.

V

UNE VISITE COMME ON N'EN VOIT GUÈRE.

Mademoiselle Julietta dormait, — nous ne dirons pas du sommeil du juste, mais de la courtisane qui, par calcul, n'ayant, pour le moment pas d'amourettes en tête, ne trouve rien de mieux à faire que de dormir la grasse matinée, — quand Augustine la réveilla avec ces mots :

— Pardon, madame... mais il y a là une dame qui désire absolument vous parler.

— Une dame! s'exclama Julietta, en se frottant les yeux; quelle dame?

— Je ne la connais pas, madame.

— Comment se nomme-t-elle?

— Elle ne veut dire son nom qu'à madame.

— Mais c'est une plaisanterie!... Quelle heure est-il?

— Neuf heures et demie, madame.

— Neuf heures et demie! On ne se présente pas à neuf heures et demie chez les gens!... D'où sort-elle donc, cette dame, pour ignorer cela?

— Je ne sais pas d'où elle sort, mais ce que je sais, c'est qu'elle est jeune, jolie, et qu'elle a l'air très-distinguée et très-honnête!

— Très-honnête!...

Julietta s'arrêta près de dire : « Alors que vient-elle faire chez moi? »

— En vérité! dit-elle, en regardant d'un air moqueur sa femme de chambre, cette dame a tant de qualités! Elle a surtout, n'est-ce pas, celle d'être généreuse? Combien t'a-t-elle donné, gredine, pour me réveiller en sursaut?

— Mon Dieu! madame, ce n'est pas pour l'argent, je vous jure, mais cette dame a tellement insisté... elle m'a tant de fois répété qu'il y allait de son bonheur de vous voir... de vous parler tout de suite!

— De son bonheur!... Qu'est-ce que tout cela peut signifier? C'est un feuilleton... un roman, que tu me lis là, Augustine! Des femmes jeunes, jolies, distinguées... et honnêtes!... — ma femme de chambre m'en répond! — qui font antichambre chez moi avant l'aurore!... Quel est donc ce mystère? Enfin, c'est bien... Nous allons débrouiller cette énigme. Prie cette dame... honnête et distinguée... d'entrer au salon, tandis que je passe un peignoir.

— Il suffit, madame.

— C'est égal, tu sais que, si tu m'as réveillée pour quelque bêtise... quelque visite de dame patronnesse qui a besoin de cent sous pour ses pauvres, je te flanque à la porte, Augustine!

— Oh! je n'appréhende pas cela! cette dame n'est pas...

— Bon! bon! Va-t'en lui dire que je suis à elle.

Dire que le cœur de Laurence ne battait pas un peu beaucoup, lorsqu'elle franchit le seuil du logis de mademoiselle Julietta, serait mentir. Mais elle était dans un de ces accès de fièvre moral durant lequel on n'a plus, en quelque sorte, conscience de soi... Son entreprise était folle en apparence, douteuse, dangereuse peut-être; elle n'en voyait ni la folie, ni le danger... elle ne doutait pas de sa réussite. Elle allait tout droit devant elle, certaine, oui, certaine d'atteindre son but. Mise au courant par Claude du faible de mademoiselle Augustine pour les pièces d'or, Laurence n'avait pas marchandé avec ce faible... Cinq napoléons avaient persuadé la camériste de la nécessité d'éveiller immédiatement sa maîtresse, pour lui annoncer la visiteuse. Celle-ci était maintenant dans le salon où Julietta avait ordonné qu'on l'introduisît.

— Si madame veut prendre la peine de s'asseoir, dit la femme de chambre, dans un instant madame sera près d'elle.

— Merci! fit Laurence.

La domestique s'était retirée; Laurence regarda autour d'elle. Il était fort élégant, ce salon! Un meuble en satin orange tout battant neuf; des bronzes d'art; un lustre en cristal de roche; de belles gravures appendues aux murailles. Un luxe d'assez bon goût. — C'était son père, probablement, qui avait payé ce luxe. Son père!... Soudain, Laurence poussa une exclamation étouffée. Ce portrait, accroché près de la cheminée... Oh! l'homme marié, le père de famille, le négociant honorable, qu n'avait pas craint d'exposer son image dans le logis banal de sa maîtresse! Oui, oui, c'était bien le portrait de son père qui était là!... Une photographie quart nature, dont sa mère et elle avaient chacune une épreuve.

— Pauvre père! pensa Laurence.

Elle le plaignait. — On plaint d'abord ceux qu'on aime en les voyant en faute; on les accuse, — si l'on y est forcé, — après.

Mais une porte s'ouvrit; Julietta parut, s'avançant vers l'étrangère, l'air poli, bien qu'un peu froid. La femme galante sera toujours mal à l'aise en présence de l'honnête femme... Et, du premier coup d'œil, Julietta avait jugé qu'Augustine ne s'était pas trompée : celle qui réclamait un moment d'entretien avec elle n'était pas de son monde.

— Qu'y a-t-il pour votre service, madame? et, avant tout, à qui ai-je l'honneur de parler? dit-elle.

Laurence s'inclina, mais elle ne répondit pas; elle aussi se sentait gênée près de Julietta, plus gênée qu'elle ne l'avait présumé.

— J'attends, madame, reprit Julietta. Qui êtes-vous? que puis-je pour vous?

— Allons, pensa Laurence, pas de phrases, pas de discours!...

Et tout haut :

— Qui je suis, madame? dit-elle; je suis madame Claude Malbranche, la fille de M. Léopold Varillat. Ce que vous pouvez pour moi? Tout.

Julietta n'avait pu retenir un mouvement de stupeur en apprenant la qualité de sa visiteuse, et cette stupeur s'augmenta encore au dernier mot de cette dernière.

— Je ne vous comprends pas, madame, dit-elle.

Et c'était vrai; Julietta ne soupçonnait pas le motif de la démarche de la fille de son amant.

— Je m'explique, madame, reprit Laurence; ma mère... la femme de mon père... existe. — Ce que vous ignoriez peut-être. J'adore ma mère. Comprenez-vous, à présent, pourquoi je suis ici?

Julietta se mordit les lèvres.

— Très-bien! fit-elle; oui, oui... j'y suis maintenant! On vous a appris... Et c'est par affection pour madame votre mère que vous venez à moi... dans l'espérance de?... Mon Dieu! madame, cette démarche de votre part est très-louable, assurément... très-louable! Mais je me permettrai de vous faire remarquer qu'après tout monsieur votre père fait ce qu'il veut... et ce qui lui plaît... Il n'a pas vingt ans, que je sache, monsieur votre père, et si... s'il m'a courtisée, c'est qu'il s'en croyait le droit. Enfin, voyons, madame, mettons les points sur les *i*, pour mieux nous entendre; si, par mon état de vie, je suis un peu cousine avec *la Dame aux Camélias*, — vous avez lu *la Dame aux Camélias*, puisque vous êtes mariée; les femmes mariées lisent des romans; — monsieur votre père n'a aucun rapport avec *Armand Duval*, et, de votre côté, vous ne sauriez avoir la prétention de jouer près de moi le rôle du bonhomme... sévère, mais juste... qui vient solliciter Marguerite de renoncer à une liaison à tous égards fâcheuse pour son fils!... Ah!... ah!...

Julietta riait, mais d'un rire forcé; comme on rit quand on n'a pas la moindre envie de rire. Laurence était pâle, très-pâle, mais calme; l'ironie du langage de la courtisane semblait ne l'avoir point effleurée.

— Madame, repartit-elle, je ne conteste pas que, dans l'ordre des choses, il ne soit étrange qu'une fille s'immisce dans certaines actions de son père... Je ne conteste pas qu'il vous soit permis de me chasser de chez vous...

— Oh! telle n'est pas ma pensée, madame!

— De me chasser sans m'écouter... ou, si vous avez la patience de le faire, sans tenir compte de ma prière.

— Mais du tout, madame! Je suis toute disposée à vous écouter, je vous le jure, et... s'il m'est possible, à vous être agréable.

— Eh bien, en ce cas, madame, je ne vous dirai que deux mots : si ma mère apprenait que mon père la trompe, elle en mourrait! Vous n'aimez pas mon père... vous ne l'aimez pas comme peut et doit l'aimer la femme qui, depuis vingt ans, est sa compagne de toutes les heures... Celle qui porte son nom... et qui le porte noblement... honnêtement! Celle dont l'union avec lui, reconnue par le monde, a été sanctifiée par Dieu. L'intérêt... — pardon! mais il a été convenu, n'est-ce pas, que nous parlerions franchement? — l'intérêt vous a, seul, guidée dans cette liaison. Ce n'est pas un reproche que je vous adresse, madame; un blâme que je vous jette; je suis bien sûre qu'il n'a pas dépendu de vous d'être... comme ma mère... une femme qui n'a donné son cœur qu'une fois et qui mourrait de désespoir, je vous le répète, si on lui disait qu'elle n'est plus aimée. Enfin, tenez, madame, pour vous prouver que j'ai confiance dans la bonté de votre âme... dans sa loyauté, qu'il suffit d'invoquer pour qu'elles s'éveillent et s'affirment, sachez-le : j'avais pensé, avant de vous voir, à vous offrir... en dédommagement du sacrifice que je réclamerais de vous... la somme que vous me fixeriez vous-même... Eh bien, depuis que je vous ai vue, cette pensée, — celle d'un marché, d'un ignoble marché, — s'est effacée de mon esprit... complétement effacée. Je ne viens plus à vous pour vous acheter une grâce... je vous la demande. Et je vous la demande, convaincue que vous me l'accorderez. En effet, vous trouverez, quand il vous plaira, un amant qui vous couvrira d'or... Mais vous ne rencontrerez pas toujours la main d'une brave et honnête femme qui serre la vôtre comme celle d'une amie... Mademoiselle Julietta, voici ma main. Rendez-moi mon père, et à quelque heure et en quelle occasion que vous ayez besoin de moi... aujourd'hui... demain... — et toujours! — je suis à vous!...

La main de Laurence s'avançait franchement vers celle de la courtisane... La courtisane hésita... Il semblait qu'un violent combat se livrât en elle entre ses bons et ses mauvais instincts... Le contact de la main de la fille de Varillat fit pencher la balance du bon côté. Elle serra convulsivement cette main, et, d'une voix vibrante :

— Merci, madame! s'écria-t-elle; merci! j'accepte votre proposition, et je l'accepte avec joie... avec reconnaissance. Votre amitié en échange... d'une honorable et méritante action que je suis toute disposée à accomplir, mais c'est tout bénéfice pour moi! J'accepte! Mais c'est juré, n'est-ce pas? Nous autres malheureuses filles de rien, nous sommes bien obligées de nous avouer — quand nous y pensons! — que notre destinée est de mourir... tôt ou tard... seules... comme des chiens... dans un grenier, sans une consolation à notre dernier soupir... Tôt ou tard, quand j'en serai là...

— J'espère bien que vous n'attendrez pas que vous en soyez là pour m'appeler, repartit doucement Laurence; à quoi servirait que je fusse votre amie, si je n'étais bonne qu'à recevoir votre dernier soupir? Je vous ai dit : aujourd'hui... demain... toujours. Quand vous m'appellerez, je viendrai, trop heureuse de vous être, à mon tour, utile ou agréable.

Julietta porta à ses lèvres la main de la jeune femme.

— C'est gentil, ce que vous dites là! balbutia-t-elle, — car elle pleurait; — et je vous crois; oui... j'en suis sûre, vous le dites sérieusement; ce ne sont pas des phrases!... Merci, encore une fois; je suis contente... et je suis fière! Je suis aimée, pour de bon, de quelqu'un! Maintenant vous pouvez vous en retourner en paix. Au-

LA FILLE A SON PÈRE

PAR HENRY DE KOCK.

Vincent, nous n'y sommes pour personne, M. Varillat et moi. (Page 35).

jourd'hui même j'aurai envoyé promener M. Varillat. Eh ! votre pauvre mère aurait tant de chagrin que cela si ?... — Ce que c'est que notre vilain métier ! Nous faisons du mal, beaucoup de mal, et nous ne nous en doutons pas, le plus souvent ! Elle est jeune encore, madame votre mère ?

— Elle a trente-sept ans, et un petit enfant du même âge que le mien. Nous sommes accouchées le même jour.

— Vous êtes accouchées le même jour ! la mère et la fille !... Oh ! est-ce drôle ! — C'est drôle, mais c'est gentil aussi... et naturel ! Tiens ! au fait, si madame votre mère n'a que trente-sept ans !... La mienne m'a eue à quarante, elle. Et cé scélérat de Varillat !... — pardon ! — ce brigand de M. Varillat qui n'est pas content, encore !... Riche, marié à une femme aimable, père d'une fille charmante, telle que vous !... Un bébé tout frais éclos avec cela !

— Hélas ! c'est justement ce bébé qui lui a tourné la tête ! Depuis que cet enfant est né, mon père s'imagine n'avoir plus que vingt ans.

— Oui, oui ; un retour de jeunesse ; un regain ! Et puis es mauvais conseils, peut-être ? Il a un ami, votre père, un certain Armand Ducret, qui ne me paraît pas être d'une morale bien catholique !... Le connaissez-vous, ce M. Armand Ducret ?

Laurence soupira.

— Je ne le connais que trop ! repartit-elle. Il a voulu m'épouser.

— Ah ah !

— Et c'est pour se venger de ce que je l'ai refusé....

— Qu'il excite votre père à faire des bêtises ? Allons donc !

Mais, en effet, c'est par Armand Ducret que... Tiens ! tiens ! c'est un joli coquin que ce monsieur ! Semer la zizanie dans une maison, de colère de n'avoir pu s'y instailler... c'est très-fort!... Un troisième rôle, le Ducret! Au reste, ça ne m'étonne pas; je ne l'ai jamais aimé! Jamais il ne vous regarde en face! Un pince-sans-rire, quoi! Ah! Armand Ducret est votre ennemi!... Le Méphistophélès de l'histoire! Mais, alors, vous ne gagnerez peut-être pas grand'chose à ce que... quand j'aurai dit adieu à votre père, Armand Ducret s'arrangera bien vite en sorte de lui dénicher une autre femme pour lui dire : « Bonjour! »

— Oh! j'ai d'autres moyens, qui réussiront aussi, je pense, pour le ramener à la raison... et le séparer de M. Ducret.

— Bravo!

— Ce qu'il faudrait seulement, ce serait...

— Ce serait?

— Mon Dieu! je ne sais comment vous expliquer...

— Essayez toujours!

— Eh bien, ce serait... il faudrait que mon père... et surtout M. Ducret... ne pussent pas même soupçonner...

— D'où vient la pluie... eh! eh! c'est juste!

Julietta réfléchit une seconde, puis, joyeuse :

— J'ai mon cinquième acte! s'exclama-t-elle.

— Plaît-il? fit Laurence.

— Excusez-moi, reprit en souriant la courtisane : c'est une façon de parler empruntée à un auteur dramatique qui a été mon... ami, pour dire que je sais comment me tirer d'affaire... sans attirer les soupçons de qui et sur qui que ce soit! Par exemple, pour mettre mon cinquième acte en scène, il me faut un peu plus de temps! Je vous disais tout à l'heure que j'enverrais promener aujourd'hui M. Varillat; d'après mon nouveau plan, l'exécution en question ne pourra avoir lieu que demain! Cela ne vous inquiète pas? Vous avez toujours confiance en moi?

Laurence fit un signe affirmatif.

— A la bonne heure! poursuivit Julietta; dormez donc, cette nuit, sans crainte, et je vous réponds que demain, n, i, ni, c'est fini. M. Varillat n'aura plus envie, mais plus du tout, de remettre les pieds ici! Je vous conterais bien la farce que je lui mijote... mais, non, c'est inutile; mieux vaut même que je ne vous la conte pas. Quand on dîne au restaurant, si l'on vous disait la manière dont ils sont préparés, il y a bien des plats dont on ne mangerait pas volontiers!

Laurence se leva.

— Adieu donc, madame, dit-elle, et grâces vous soient rendues! Et c'est bien convenu; vous vous en souviendrez? J'ai contracté une dette sacrée envers vous, et, cette dette, je l'acquitterai à votre première réquisition.

— Oui, oui, c'est bien convenu! On ne sait pas : je puis avoir une grande douleur .. ou un grand plaisir... pour lesquels je ne trouverais pas une larme ou un sourire dans mon monde... Eh bien, cette larme... ou ce sourire... c'est à vous, alors, que je les demanderai.

— Et l'une ou l'autre ne vous fera pas défaut.

Reconduite par Julietta, Laurence allait sortir du salon...

— Vous avez une voiture en bas? demanda la courtisane.

— Oui.

— Bien. Baissez votre voilette; vous n'auriez qu'à être rencontrée par quelqu'un de connaissance dans l'escalier.

Laurence s'approchait de la cheminée pour ajuster son voile sur son visage devant la glace... Dans ce mouvement, ses yeux se portèrent encore tristement sur le portrait de son père.

— Je vous *le* renverrai... à vous... dit Julietta qui saisit au vol ce regard. Le portrait... et l'original, je vous restituerai tout!

En cet instant, un coup de sonnette retentit à la porte de l'appartement. Laurence pâlit. Nous ne plaisantons pas : elle avait reconnu la façon de sonner de son père.

— Venez par ici, dit Julietta, en entraînant la jeune femme par une porte donnant sur un couloir de dégagement.

C'était bien Varillat; Varillat que mademoiselle Augustine fit entrer dans ce même salon où, quelques secondes plus tôt, était assise sa fille, tandis que, de son côté, cette dernière, escortée de Julietta, gagnait le seuil que son père venait de franchir. Il y eut une dernière étreinte de mains entre les deux femmes... Puis, l'une, descendant légèrement l'escalier, rejoignit sa voiture... pendant que l'autre, se dirigeant lentement vers la pièce où l'attendait son amant, murmurait :

— C'est égal, en voilà une aventure! je concours pour le prix de vertu, moi, à présent... Elle est roide, celle-là! Bah! quand ce ne serait que pour la rareté du fait, c'est amusant de faire quelque chose d'honnête!

VI

LA BATAILLE S'ENGAGE.

En quittant, une heure plus tard, la rue Saint-Georges, — et ce, d'assez mauvaise humeur : mademoiselle Julietta s'était montrée moins aimable encore que la veille envers lui, en dépit du bracelet de quinze cents francs, — Varillat prit le chemin de la rue des Bons-Enfants où, si l'on se le rappelle, étaient situés son domicile parisien et les bureaux et magasins de sa maison de commerce. Non, il n'était pas content, notre gros marchand; il était très-mécontent même de sa maîtresse. Il lui avait parlé d'amour... elle avait bâillé! Il lui avait offert de la mener déjeuner quelque part... elle avait répondu qu'elle n'avait pas faim! Hum! hum! avec cela que, toute cette journée, il ne devait pas voir Armand Ducret, obligé qu'avait été celui-ci de se rendre près un de ses parents à Versailles!... Son ami absent, sa maîtresse grincheuse... En désespoir de cause, Varillat s'était résolu à aller demander à Claude Malbranche s'il voulait déjeuner avec lui... Ce n'était pas bien récréatif de déjeuner avec son gendre, mais faute de mieux!...

Et, tout d'abord, en arrivant rue des Bons-Enfants, Varillat fut frappé de cette réponse que lui fit un commis auquel il demandait si M. Malbranche était au bureau :

— Oui, monsieur; M. Malbranche est dans son cabinet. Il vous attend.

— Il m'attend? répéta Varillat entre ses dents; pourquoi m'attend-il?

Enfin... le beau-père pénétra près de son gendre. Une nouvelle surprise lui était réservée là. Toujours souriant, d'ordinaire, toujours allègre, Claude, le matin en question, avait une physionomie si gourmée et si rêche que, justement parce qu'elle contrastait avec l'expression habituelle de son visage, il était impossible de ne s'en point, tout de suite, apercevoir. Il s'était levé, à l'entrée de Varillat; il le salua, mais froidement; il lui avança un fauteuil... Puis, par la porte entre-bâillée du cabinet, interpellant un garçon de magasin :

— Vincent, dit-il, souvenez-vous, je vous prie, que nous n'y sommes pour personne, M. Varillat et moi. Qu'on ne nous dérange donc pas!

— Il suffit, monsieur, répliqua le commis.

— Ah çà! qu'est-ce qu'il y a? interrogea Varillat, qu'as-tu à me communiquer de si sérieux, mon ami; et à quel propos ce luxe de précautions? On me dit que tu m'attendais... Y a-t-il donc dans l'air quelque mauvaise nouvelle?

— En effet, père, j'ai à causer avec vous de quelque chose de fâcheux.

— Ah!... Parle, tu m'inquiètes.

— Oh! il n'y a pas à vous inquiéter personnellement! C'est moi, plutôt que vous, qui ai sujet de...

— Mais toi, c'est moi, il me semble!

— Je le croyais encore avant-hier; hier, dans la journée, j'ai commencé d'en douter.

— Tu le croyais avant-hier... tu as commencé d'en douter hier!... Que diable est-ce que tout cela signifie?... Voyons, Claude, explique-toi, et vite, hein! je n'ai jamais été fort sur les charades... les énigmes. Pourquoi as-tu cette mine de conspirateur?

— Vous le demandez après la résolution que vous avez prise!

— Quelle résolution?

— N'avez-vous pas décidé que vous fonderiez une maison de commerce sous la direction sociale Duhoux, Ducret et Cie?

— Oui; après?

— Eh bien, après, voilà le motif de mon chagrin. Je ne comprends pas... il y a mieux : je n'admets pas qu'étant à la tête d'une maison, vous songiez à en fonder une autre.

— Tu n'admets pas

Varillat fronça le sourcil,

— Quelle est cette plaisanterie? poursuivit-il en regardant son gendre dans les yeux. C'est toi, Claude Malbranche, que je viens d'entendre? *Tu n'admets pas* que je sois libre de faire ce qui me plaît?

— Non, si ce qui vous plaît déplaît à votre famille.

— Hein!...

— Si ce qui vous plaît compromet les droits et les intérêts de tous... — de tous ceux qui ont des droits et des intérêts dans votre prospérité... — et de vous-même.

— Comment!

— Ah! mes paroles vous froissent, je le vois bien, père; tant pis! je vous dois la vérité, je vous la dirai jusqu'au bout! Et je vous la dirai avec d'autant plus de sincérité, que ces explications, ce n'est pas moi qui en ai eu l'initiative... c'est Laurence. C'est Laurence, votre fille, qui m'a engagé formellement à les provoquer.

— Ah! c'est Laurence qui...

— Comme moi, Laurence est désolée, navrée de vous voir vous lancer dans des spéculations nouvelles; et avec qui!... — Je ne parle pas de M. Ducret, bien que j'aie lieu d'être surpris que ce monsieur... qui se dit votre ami... vous ait conseillé semblable entreprise... — mais de M. Firmin Duhoux, votre cousin. Est-il vrai qu'autrefois vous n'aviez pas assez d'aversion et de dédain pour M. Firmin Duhoux? Est-il vrai que votre conviction, alors, était que M. Firmin Duhoux est un méchant homme? A quel propos donc, aujourd'hui, en faites-vous votre associé? A quel propos, non content de le traiter en ami, lui fournissez-vous, sur vos propres fonds, car il n'a pas un sou à lui, de quoi s'établir? Pourquoi cette volte-face? Ah! encore une fois, mon langage vous irrite, j'en suis bien convaincu! Vous vous demandez par quel concours d'événements, après avoir reçu hier, sans nous permettre une observation, et au contraire en paraissant l'approuver, la nouvelle de votre association avec MM. Ducret et Duhoux, Laurence et moi, nous nous élevons, à cette heure, de toutes nos forces, contre ce projet. Il n'y a pas eu d'autres événements qu'une nuit employée par nous à réfléchir. D'ailleurs, nos réflexions se fussent-elles produites instantanément, était-ce en présence de MM. Ducret et Duhoux qu'il nous appartenait de vous les développer? Non. Récapitulons les faits : En me donnant Laurence pour femme, vous m'avez dit : « C'est à toi désormais qu'in« combe le soin de notre fortune. Tu travailleras... tu « es jeune; je flânerai, je me divertirai; je ne suis pas « vieux, mais j'ai bien gagné le repos et le plaisir! » Et je pensais comme vous; et j'étais heureux de mériter les faveurs de toute sorte dont vous m'aviez comblé, en vous faisant la vie telle que vous l'aviez désirée, douce et facile. Avez-vous des reproches à m'adresser à ce sujet? Depuis que je suis votre associé, votre maison a-t-elle décliné? Eh bien, si je fais mon devoir... qui est de travailler pour tous, nuit et jour... faites aussi le vôtre, qui est de ne point jeter des bâtons dans mes roues! Vous voulez gagner de l'argent pour votre fils; augmenter vos biens pour votre fils... Si vous êtes devenu si ambitieux par amour paternel, et si vous supposez que je ne suffis pas à la besogne, attelez-vous-y de nouveau... Mais attelez-vous à la même charrue que moi! Je suis votre fils aussi... restez avec votre fils .. n'allez pas vous lier avec des étrangers... des intrigants!

Il est impossible de décrire l'effet produit sur Varillat par le discours de son gendre. Figurez-vous un homme qui, tenant sur ses genoux un enfant de quatre à cinq ans, entendrait tout à coup cet enfant raisonner philosophie, politique, esthétique... C'était plus que de l'étonnement, chez le gros marchand, c'était de la stupeur. Une stupeur sous laquelle couvait une colère immense. Il était pourpre; les veines de son front se tendaient, gonflées; ses yeux étincelaient... fulguraient. Claude Malbranche a dit depuis qu'il avait craint un moment qu'il n'eût un coup de sang. Enfin, sa rage déborda.

— Et c'est Claude Malbranche, mon gendre... c'est mon gendre Claude Malbranche qui me parle ainsi! s'écria-t-il.

— Qui donc vous dira la vérité si ce n'est votre gendre?

— C'est le commis... le simple commis... le petit commis que j'ai daigné élever au rang de mon associé!

— Si vous ne l'aviez pas jugé digne de cette position, vous ne l'y auriez pas élevé.

— C'est l'homme à qui j'ai donné ma fille!...

— Si vous m'avez donné votre fille, c'est que vous avez présumé qu'elle serait heureuse avec moi.

— Ah! ah!... Et vous osez avancer que ma fille partage vos opinions, monsieur?

— Si je l'avance, c'est que cela est. Je n'ai jamais menti.

— Eh bien, c'est ce que nous verrons, tantôt, monsieur, car j'interrogerai ma fille en votre présence!

— A votre aise, père.

— Je vous défends de m'appeler « père, » monsieur! Je ne suis plus votre père.

— Tant pis pour moi... et pour vous!

— Pour moi!... pour moi!... Ah! vous raillez, encore!

— Du tout! je raille si peu, voyez, que j'ai les larmes aux yeux.

— Des larmes de crocodile!

— Non; les crocodiles ne pleurent que de regret de ne pouvoir manger les gens, et je n'ai pas envie de vous manger, moi : loin de là, mon vœu le plus cher est d'empêcher qu'on ne vous mange.

— Qu'on ne me!... Alors, dans votre opinion, MM. Ducret et Duhoux sont des filous qui ont juré ma perte?

— Mon opinion, du moins, est que l'un des deux, dans le cas où votre entreprise ne réussirait pas, se consolerait de n'y avoir rien gagné parce que vous y auriez beaucoup perdu.

— J'instruirai M. Duhoux de l'estime en laquelle vous tenez sa personne, monsieur.

— Faites! S'il m'interroge, je lui répondrai que les sentiments que je professe à son égard me viennent de vous.

— Je n'ai jamais dit que mon cousin fût un voleur, monsieur!

— Mais vous avez dit que c'était un ignare et un méchant; c'est suffisant, ce me semble, pour ne point désirer de marcher sous son drapeau!

— Je marcherai sous le drapeau de qui je voudrai, monsieur! Je m'associerai avec qui bon je voudrai; et ce n'est pas vous qui m'en empêcherez! Je n'ai ni conseils, ni représentations, ni ordres à recevoir de personne!... De personne! Quoi! je me serai enrichi à la sueur de mon front, et le jour où il me conviendra, pour augmenter ma fortune, d'en placer une partie... une faible partie... dans une spéculation intelligente, monsieur mon gendre me dira : « Halte-là!... je vous le défends! »

— Il ne s'agit pas de défense, mais de...

— Assez, monsieur! Je causerai tantôt avec ma fille... car, bien que vous en disiez, j'ai peine à croire... je ne crois pas, entendez-vous? que ma fille soit devenue mon ennemie! Vous, c'est différent! Un gendre que la cupidité domine est capable de tout.

— O père!...

— Encore une fois je vous interdis de m'appeler votre père, monsieur! Je ne suis plus votre père!... Adieu. Tantôt, à Annet, nous tirerons à clair tout cela. Et, tremblez si vous m'avez trompé! si ma fille, ma chère fille, n'est pour rien dans cette odieuse scène, tremblez!...

Varillat s'était éloigné précipitamment... Il n'avait pas quitté le cabinet de son gendre, que celui-ci, tombant, comme accablé, sur un siége, murmurait en essuyant deux grosses larmes qui roulaient sur ses joues :

— Ouf!... elle l'a voulu... Mais quel supplice! quel martyre! Offenser, courroucer, affliger ce pauvre père!... Il était temps que cela finît... j'allais me jeter à ses genoux en lui demandant pardon!

Varillat déjeuna donc seul... et mal. Ce ne fut certes point l'appétit qui assaisonna ce repas. Au sortir de table, il rencontra Firmin Duhoux.

— Je te cherchais, cousin, je viens de ton magasin...

— Tu as vu mon... monsieur Claude Malbranche?

— Non, il était sorti. Mais qu'est-ce? tu n'as pas l'air d'être dans ton assiette, ce matin?

— Et je n'y suis pas non plus, dans mon assiette, il s'en faut!

— Qu'arrive-t-il?

— Il arrive que... Je te conterai cela plus tard.

— Pourquoi pas immédiatement?

— Parce qu'il ne me plaît pas, voilà tout! Est-ce que tu vas m'ennuyer aussi, toi!

— Non Pardon!... je... Et Armand Ducret?

— Armand Ducret est à Versailles.

— Ah!... c'est que... j'avais pris, chez le notaire, le projet d'acte d'association que je comptais te lire... à toi et à Armand.

— Je ne suis pas en train d'écouter cette lecture; demain il fera jour. Au revoir!

Et Varillat quitta Duhoux tout ahuri et tout inquiet du ton et de la contenance de son commanditaire en herbe. A quatre heures, le gros marchand était à la gare du chemin de fer... Claude y était également à la même heure; le beau-père et le gendre partaient par le même convoi, mais, — bien qu'ils se fussent mutuellement aperçus dans la salle d'attente, — mais non dans le même compartiment. Ainsi de Lagny à Annet. Chacun d'eux s'acheminait isolément vers les Tilleuls; l'un devant, l'autre derrière; séparés par une distance de deux cents pas. C'était Varillat qui était devant. Laurence travaillait avec sa mère sur la pelouse, près des enfants et des nourrices, lorsque son père parut. Il s'avança, roide comme un piquet... Il embrassa son fils et sa femme... Quant à sa fille, il se contenta de lui dire :

— Je désirerais vous entretenir un moment, Laurence.

— Je suis à vos ordres, père, répliqua-t-elle.

Madame Varillat avait changé de couleur en entendant l'invitation exprimée, d'un ton sec, par son mari... Mais, d'un signe furtif, Laurence supplia sa mère de ne se mêler de rien... Elle jeta son ouvrage sur le gazon et se leva. En cet instant, à son tour, Claude faisait son apparition.

— Ah! te voilà, mon ami! s'écria Laurence; tu permets? Père a un mot à me dire...

— Oh! monsieur n'est pas de trop dans notre conversation, dit Varillat; au contraire! Monsieur peut venir avec nous.

— Tant mieux! dit Laurence.

— Le temps d'embrasser mère et les enfants, et je suis à vous, dit Claude.

Varillat haussa les épaules.

— Les enfants! grommela-t-il, les lèvres pincées; il y en a un des deux, ma foi! qui se dispenserait bien de ce baiser! Un baiser de Judas!

Laurence fit semblant de n'avoir pas entendu ce propos. Quoi qu'en eût dit Varillat, Claude avait embrassé d'aussi bon cœur Paul et Victor... son fils et son beau-frère; puis madame Varillat, à l'oreille de laquelle il murmura : « Du courage! » Le père, la fille et le gendre gagnèrent, silencieux, une allée solitaire du parc. Là, d'un ton grave, solennel :

— Est-il vrai, Laurence, entama Varillat, est-il vrai que, comme l'affirme monsieur votre mari, vous trouviez mauvais que je m'associe... pour le commerce des laines... avec MM. Duhoux et Ducret?

Laurence s'inclina.

— Ce que mon mari a pu vous communiquer à ce sujet, ce matin, répondit-elle, est l'expression complète de ma pensée.

Varillat éclata d'un rire ironique.

— Ah! vraiment! repartit-il; j'aime à voir du moins, ma fille, que vous ne tergiversez pas quand il s'agit de certifier votre entente cordiale avec M. Malbranche... quelque peu respectueux pour moi que soit le but de cette entente!

— Peu respectueux?

— Vous trouvez convenables des enfants qui se permettent de critiquer les faits et gestes de leur père?

— Je trouve convenables des enfants qui disent à leur père : « Prends garde! il y a danger! »

— Ah! il y a danger! C'est votre avis aussi, madame? Et vous seule... et monsieur votre mari, avez de bons yeux pour voir ce danger? Ah! ah!... Et quand je dis : vous et votre mari, qui sait? ma femme... votre mère... est peut-être aussi contre moi en cette circonstance! Vous l'aurez convertie à votre façon d'envisager les choses!

— Vous vous trompez, mon père : il était inutile de tourmenter et de chagriner notre mère; Claude et moi nous ne lui avons donc point ouvert la bouche de ce dont nous avions dessein de vous parler.

— C'est fort délicat de votre part. Ah! ah! Mais, soit! Laurence; puisque vous vous associez aux opinions de votre mari... — ce qui me surprend, je le confesse, car, avant d'être la femme de monsieur, vous étiez ma fille, à moi, et je m'imaginais vous avoir donné assez de preuves d'affection... depuis que vous êtes au monde... pour mériter que vous ne me tournassiez pas le dos à la première occasion!

— Mais je ne vous tourne pas le dos, mon père! Personne ici ne vous tourne le dos! Tout le monde vous aime et vous vénère! tout le monde est prêt à verser son sang pour vous!

— Oui, oui! Et, en attendant, on me traite comme un gamin, un niais, un sot, incapable de se conduire! Enfin... Assez de phrases! trop de phrases! puisque vous vous associez aux opinions de votre mari, Laurence, comme lui, je présume, vous devez avoir un parti pris à l'avance dans l'hypothèse où je résisterais à vos représentations? C'est là le point que je suis curieux d'éclaircir à cette heure. Je me résume : J'ai donné ma parole à MM. Ducret et Duhoux... je ne la reprendrai pas. Je ne suis pas un *M. Péponnet* des *Faux-Bonshommes*, mais... quoiqu'il n'y ait rien d'écrit, c'est comme si c'était écrit. La maison que nous avons projeté d'établir s'établira... et cela avant qu'il se soit écoulé un mois... Le 20 du courant, nous signons notre acte d'association. Vous voyez que je ne me laisse pas intimider. Et puis, maintenant que je vous ai signifié mon ultimatum, quel est le vôtre, je vous prie?

— Non pas notre *ultimatum*, mon père, mais notre résolution formelle et inébranlable, à Claude et à moi, au cas où vous persisteriez dans votre dessein de compromettre votre fortune, est de vous en laisser le maître absolu... Claude a du courage; j'en ai aussi; nous travaillerons tous les deux...

— Ah! ah! Et monsieur Claude quittera ma maison?

— N'est ce pas son droit en vous abandonnant sa part de propriété? Avec ma dot, d'ailleurs, nous aurons du pain. Mieux vaut manger du pain, dans un grenier, que des truffes, en société de gens qu'on méprise.

— Oui-dà! Je suis condamné, si je ne cède point, à vous perdre tous les deux! Mon gendre et mon associé... et ma fille, du même coup!... Vous ne tenez guère à moi, paraît-il!

— Vous êtes dans l'erreur, mon père. Si nous ne vous aimions pas comme nous vous aimons, mon mari et moi, il nous serait indifférent de vous voir compromettre votre avenir.

— Compromettre mon avenir! Je compromettrai mon avenir, parce que je risquerai deux misérables cent mille francs dans une spéculation?

— L'argent réclame l'argent. Une fois l'associé de MM. Ducret et Duhoux, vous ne vous appartiendrez plus, vous appartiendrez à MM. Duhoux et Ducret.

— Voyez-vous cela! voyez-vous madame ma fille qui en sait plus long que moi en commerce! Gros-Jean qui en remontre à son curé! Eh bien, il en sera ce qu'il en sera, mais, je vous le jure, cette association aura lieu!

— Dès demain, Claude et moi, nous aurons donc abandonné les Tilleuls, mon père.

— Ah! vous n'achèverez même pas l'été dans cette campagne? A votre aise! Si vous vous figurez que je vais vous supplier de rester, vous vous trompez fort l'un et l'autre! Vous êtes des ingrats; partez! Adieu! je ne vous regretterai pas!

Ce fut une soirée dont chaque heure pesa comme une masse de plomb sur l'esprit et le cœur de chacun des habitants des Tilleuls que la soirée qui suivit la conversation que nous venons de rapporter. A table, au dîner, on n'échangea pas une parole. Un repas de statues. Après le dîner, Varillat sortit; il s'en alla courir les bords de la Marne, laissant seuls sa femme, son gendre et sa fille, car, bien que n'ayant pas pris part à la discussion de son mari avec ses enfants, madame Varillat en souffrit; Varillat la bouda aussi. A neuf heures, il rentra et monta se coucher sans dire bonsoir à personne, pas même à son fils! Le lendemain matin, il partit pour Paris, par le premier convoi... également sans avoir adressé un mot à qui que ce fût aux Tilleuls. Madame Varillat pleurait.

— Il ne cédera pas! dit-elle à Laurence; tu vois... il te laissera plutôt t'en aller, toi et Claude.

— C'est ce que nous verrons ce soir, répondit en souriant Laurence.

Et, embrassant tendrement sa mère :

— Aie confiance! continua-t-elle; ce n'est pas vainement qu'on m'a appelée *la fille à son père*. *Je veux* qu'il cède... et il cédera!

VII

COMMENT JULIETTA ROMPIT...

Ce qu'il y a de certain, c'est que, poursuivi, tourmenté par de sombres et tristes pensées, Varillat avait passé la plus mauvaise nuit qu'il eût passée de sa vie. Sa fille, sa bien-aimée Laurence allait le quitter! Bah! elle le disait, mais... Mais si! C'est que, lorsqu'elle disait quelque chose, elle le faisait! S'il se fût écouté, dans cette longue nuit d'insomnie! Vingt fois il avait été sur le point de se rendre près de sa femme pour lui dire : « J'ai tort; ils ont raison! » Mais reconnaître qu'on a tort, c'est ennuyeux. D'ailleurs, avait-il tort? un point qui ne lui était pas bien prouvé encore. Evidemment il y avait du bon dans les observations de Claude et de Laurence : il était peut-être... maladroit, à son âge, de se remettre dans les affaires... plus maladroit de s'y remettre avec un homme pour lequel il n'avait jamais professé qu'une médiocre estime... D'un autre côté, que penserait Armand Ducret, son ami Armand Ducret, s'il lui disait : — Je voulais cela hier, je ne le veux plus aujourd'hui?

— Pourquoi?

— Parce que...

— Parce que votre fille et votre gendre vous le défendent... Ah! ah!... vous avez peur d'eux!

Oh! l'amour-propre! Dire que, le cœur saignant, brisé, on se laisse encore mater par ce sentiment stupide! De crainte des railleries d'Armand Ducret, Varillat partait, risquant de retrouver, au retour, la maison abandonnée de celle qui en avait toujours été l'âme!

Arrivé à Paris, cependant, et près de se rendre au logis de son ami, le gros marchand s'arrêta. Il le verrait tantôt, son ami; maintenant il allait voir sa maîtresse. Une bonne idée! L'amour le consolerait des ennuis domestiques. En route pour la rue Saint-Georges!

Ici, pour préparer le lecteur à ce qui va suivre, remontant de quelques heures le cours de notre récit, nous entrerons avec la Julietta et une de ses amies, mademoiselle Nina Graindorge, — la maîtresse ou, pour mieux dire, le passe-temps d'Armand Ducret, dans une loge d'avant-scène du théâtre Déjazet. Que jouait-on, ce soir-là, au théâtre Déjazet? Une revue quelconque. Il importait peu à ces dames; ce n'était pas pour la pièce qu'elles étaient au théâtre. Il y a, comme cela, chaque soir, dans les salles de spectacle parisiennes, quantité de femmes qui seraient bien embarrassées si on leur demandait d'expliquer au juste ce qu'elles y sont venues faire. En cette circonstance, pourtant, tel n'était pas absolument le cas de la Julietta et de Nina Graindorge; ces dames avaient une intention en allant, ce soir-là, au théâtre Déjazet. Vers six heures, son amie Nina étant arrivée chez elle, la Julietta lui avait dit :

— Tu tombes bien! Je suis seule, je m'ennuie; tu vas dîner avec moi, puis nous irons au théâtre; veux-tu?

— Tout de même! Quel théâtre?

— Déjazet.

— Tiens! est-ce qu'Anténor n'y est plus, à Déjazet?

— Si. Pourquoi n'y serait-il plus? Il joue même ce soir; j'ai envoyé Augustine voir les affiches.

— Eh bien?

— Eh bien?

— Je croyais que, de peur d'avoir la velléité de te remettre avec lui, depuis que tu es avec ton drapier, tu n'allais plus à Déjazet. Une mesure de prudence.

— Oui, mais j'ai changé d'idée; mon drapier me porte sur les nerfs depuis quelques jours; trop de drapier à la clef! J'ai envie de souper ce soir avec Anténor... J'y soupe.

— Ah! bah! Au fait, je comprends ça. Il y a des moments aussi où j'ai par-dessus les épaules d'Armand Ducret. Il est trop sérieux pour moi, cet homme-là! on dirait qu'il vous aime comme il dîne... parce qu'il ne peut pas faire autrement!

— Alors, s'il te plaît, et si Anténor a quelque ami de théâtre disponible, ce soir, nous souperons à quatre?

— Ça va! partie carrée. Histoire de batifoler un brin.

— Hum! mais c'est que les *cabots*... je n'en suis pas enragée, moi, des cabots! On sait bien quand on les prend, mais on ne sait pas quand ils vous quittent!

— Eh! tu ne prendras que ce que tu voudras! un souper n'engage à rien.

— A rien! à rien!... Je me connais : quand j'ai bu du champagne, je ne réfléchis plus!

— Tu ne boiras que du bordeaux, et tu réfléchiras toujours. Enfin, oui ou non, viens-tu avec moi?

— Mais oui, mais oui, j'y vais! Qu'elle est singulière, cette Julietta! Elle a l'air tout de suite de se fâcher!

— Je ne me fâche pas! Seulement, tu te fais tirer l'oreille pour t'amuser, comme s'il s'agissait d'une partie de loto à un sou le carton! Décide-toi.

Mademoiselle Nina Graindorge s'était décidée; à l'issue d'un repas arrosé de madère, de beaune et de moët, — la Julietta avait une cave très-bien montée, — ces dames s'étaient rendues, très-gaies déjà, on ne peut mieux disposées à batifoler, au théâtre Déjazet. Le premier acte de la revue en était à sa cinquième ou sixième scène, quand elles entrèrent dans leur loge, en parlant tout haut, comme si elles eussent été au milieu du Champ-de-Mars, en remuant les chaises et en bousculant les petits bancs. Mais, à ce théâtre, doué d'une clientèle *sui generis*, on est habitué à ces installations sans façons; ces dames en furent quittes pour quelques: « Chut! chut! » honnêtes et modérés, — dont elles se soucièrent d'ailleurs comme de leur premier jupon, — de la part de deux ou trois bourgeois furieux de ce qu'elles troublaient le spectacle.

— Qu'est-ce qu'ils ont donc? dit tout haut la Julietta; si nous les gênons, qu'ils s'en aillent! nous, ils ne nous gênent pas!

Abrégeons. Anténor, en scène justement lors de l'apparition des deux *cocottes*, eut peine à retenir un cri de joie en reconnaissant dans l'une d'elles l'ingrate maîtresse qui, sous prétexte de liaison aurifère, lui avait donné son congé. Et, de son côté, la Julietta, en apercevant son amant dans un costume qui lui seyait à merveille, — un costume de roi des habitants d'un fleuve quelconque, la Julietta lui sourit, des yeux, des lèvres et du geste. Oh! l'on ne se gêne pas non plus, à ce théâtre-là, entre comédiens et comédiennes, et spectateurs et spectatrices! — Te voilà! Ça va bien? — Merci, et toi? — Tu es parfaitement habillé... ou habillée! — Tu as un joli chapeau, etc., etc. Volontiers tout ce que l'on se dit ainsi des yeux, de la salle à la scène, — et réciproquement, se le dirait-on à haute voix. La Julietta songeait, — c'était évident! — à se raccommoder avec lui! Quelle ivresse! Anténor en chanta faux, du premier vers au dernier, son couplet de facture sur la liberté des poissons comparée à celle des hommes. Mais il s'en moquait bien, Anténor! ce n'était point pour son chant qu'on l'aimait. Dans l'entr'acte, la Julietta envoya au comédien un billet, écrit par elle à l'avance, et dont voici à peu près le *fac-simile*. Ah! dame! la Julietta n'avait pas été élevée à Saint-Denis!

« Mon chienchien,

« M'aime-tu toujours? Moi, je t'aime encore. Après le spectacle, je tatandrai avec Nina, dans ma voiture, en fasse de ton théâtre. Si tu as un camarade drolle, amène-le pour Nina. Et dépêche-toi; passe les couplais pour que nous soupiont plus tôt. J'ai déjà faim.

« TA JULIETTA. »

A minuit et demi, Julietta, Anténor, Nina et le comique *drolle* — un comique à deux fins : au théâtre et à la ville — s'attablaient dans un cabinet de la Maison-d'Or. Une petite fête charmante qui ne coûta que dix napoléons à son amphitryon... — qui ne fut pas celui qu'on pense. Mais, franchement, ce n'était pas avec ses appointements de cent cinquante francs par mois qu'Anténor pouvait payer des soupers de dix napoléons. Il ne se donnait pas non plus la peine d'en faire le simulacre. Le garçon du restaurant, lui-même, n'y eût pas été trompé. Où allèrent, après souper, à trois heures du matin, Nina et le comique? Nous l'ignorons. Ce que nous savons, c'est que Julietta emmena son amant chez elle. Et, rentré au pouvoir, une minute Anténor eut le désir de connaître le motif de cette réminiscence de fortune. Mais, au premier mot là-dessus, Julietta imposa, — assez sèchement, par parenthèse, — silence au curieux. On ne se gêne pas avec qui l'on a l'habitude de solder partout la carte à payer.

— Il m'a plu de souper avec toi, lui dit-elle, j'y ai soupé... le reste ne te regarde pas!

— Parfait! réplique Anténor en s'inclinant, puisqu'il ne me regarde pas, ne nous occupons donc pas du reste!

Donc, entre neuf et dix, désireux de se distraire agréablement l'esprit et le cœur, Varillat se présentait rue Saint-Georges. Mademoiselle Augustine, qui lui ouvrit, manifesta un trouble si exagéré à l'aspect du gros marchand qu'il eût fallu qu'il fût complétement aveugle pour ne s'en point apercevoir.

— Qu'est-ce, mon enfant? demanda-t-il.

Et, anxieux, il poursuivit :

— Est-ce que madame est sortie?

— Non, monsieur; oh! non! madame n'est pas... au contraire!... Seulement...

— Seulement?

— Eh bien, il m'est avis que, si monsieur avait une course à faire dans le quartier, avant de dire bonjour à madame, ça n'en vaudrait que mieux pour elle... et pour lui!

Bien entendu, l'embarras de la femme de chambre, en face de Varillat, était joué; cette invitation qu'elle lui adressait de remettre à un autre moment sa visite lui avait été dictée par une autorité souveraine. On prend ses confidentes où on les trouve. Mademoiselle Augustine était dans le secret de la comédie. Varillat se mordit les lèvres.

— Comment! comment! s'exclama-t-il, il vaudrait mieux pour elle et pour moi que!... Qu'est-ce que cela signifie, Augustine? tu m'inquiètes! Ta maîtresse ne serait-elle pas seule?

La rusée camériste baissa les yeux.

— J'en ai trop dit déjà à monsieur, répliqua-t-elle; c'est à monsieur, à présent, de savoir ce qu'il veut faire.

— Mais je veux voir Julietta, parbleu! et tout de suite!

Augustine poussa un soupir.

— Monsieur refuse de me croire! Monsieur est libre!

— Mais je refuse de croire quoi?

— Que monsieur serait sage de ne pas entrer... tout de suite... chez madame.

— Sage! sage! Il y a donc anguille sous roche! Eh! en ce cas, raison de plus pour que j'entre!

Et Varillat s'élança en avant, tandis que la soubrette murmurait de façon à ce qu'il l'entendît :

— Au moins monsieur n'aura pas à me reprocher de ne l'avoir pas averti!

Varillat connaissait — c'était bien le moins — les êtres de l'appartement de sa belle; en une seconde il eût atteint la porte de sa chambre à coucher. Sur le point d'ouvrir cette porte, il prêta l'oreille : pas de bruit suspect à l'intérieur; Julietta dormait, évidemment! Eh! que lui avait donc chanté alors cette sotte d'Augustine! Il entra. La chambre était obscure; les persiennes fermées, les rideaux soigneusement abaissés n'y laissaient pénétrer, du dehors, que de minces filets de lumière... Mais les yeux se font vite à la pénombre; d'ailleurs, encore une fois, Varillat était là comme chez lui. Il s'approcha du lit. Mais oui, elle dormait! Elle dormait, la tête appuyée sur son bras gauche, le droit pendant négligemment; ses beaux cheveux déroulés sur l'oreiller, sa gorge charmante à demi nue... Un enfant qui repose. Ah!... Un cri rauque jaillit du gosier de Varillat. *Un enfant qui repose*... ah! ah!... Mais non, elle n'était pas seule! A côté de sa tête, sur l'oreiller, il y avait une seconde tête! Une seconde tête agrémentée d'une paire de moustaches blondes. — Anténor était blond. Non, Augustine n'était point une sotte! C'était une brave fille qu'Augustine, et il eût suivi son conseil qu'il se fût épargné le spectacle d'une détestable trahison!

Au cri de l'amant sérieux, la Julietta entr'ouvrit les yeux... — L'amant de cœur, qui avait, paraîtrait-il, le sommeil plus dur, ne broncha point, lui.

— Tiens! c'est vous!

— Et quoi! madame, vous... Quelle in... quelle infamie!... Quelle hor... quelle horreur!...

La rage faisait bégayer Varillat.

— Qu'avez-vous donc? reprit, du ton le plus calme, la Julietta.

— Ce que... ce que j'ai! Vous o... vous osez le demander, madame, quand je vous trouve cou... couchée avec un homme!...

La Julietta jeta, négligemment, un regard de côté sur son compagnon de lit.

— Ah! c'est vrai! Je n'y songeais plus! Lorsqu'on se réveille comme cela en sursaut, on n'a pas les idées bien nettes! Qu'elle est bête, cette Augustine, de vous avoir laissé entrer!

— Qu'elle est bête?... Mais ce n'est pas elle, madame, qui est bête... c'est moi qui le suis d'avoir cru à votre amour!

— Mon amour... ah! ah! ah!... vous avez cru à mon amour!...

— Vous riez, encore!

— Eh! sans doute, je ris... et suis dans mon droit de rire! Voyons, à quoi sert-il de dire des niaiseries?... Je ne vous ai jamais plus aimé que vous ne m'avez aimée moi-même!... Est-ce que nous pouvons nous aimer tous les deux? Maintenant, que cela vous vexe de voir que je vous trompe, je le conçois... mais qu'y faire... puisque c'est fait! Je serai franche, — et je ne le serais pas que ce serait inutile; vous savez à quoi vous en tenir à cette heure; — je m'ennuyais loin de l'homme que j'adore... le seul que j'aie jamais adoré de ma vie... ce beau blond qui dort à ma droite... je l'ai rappelé... vous avez découvert le pot aux roses... tant pis! Tout est fini entre nous... adieu!

Varillat était abasourdi, abruti, pétrifié, foudroyé. D'ordinaire, — il savait cela par ouï-dire, — une maîtresse prend quelques ménagements pour quitter un amant... même un amant qu'elle n'aime pas, qu'elle n'a jamais aimé... Au contraire, Julietta, poussant l'impudence jusqu'au cynisme, non-seulement ne cherchait pas à s'excuser, mais encore semblait se glorifier de son crime.

— C'est trop fort! hurla le gros marchand, quand la voix lui fut revenue.

— Oh! oui, c'est trop fort! répéta la Julietta toujours sereine; beaucoup trop fort! Ne criez pas comme cela, hein! mon ami? Vous serez cause que j'aurai mal à la tête toute la journée! Tenez, vous êtes bien avancé, vous avez réveillé Anténor!

C'était vrai, Anténor s'était réveillé; il considérait, d'un air effaré, ce gros bonhomme debout devant le lit.

— Qu'y a-t-il? fit-il.

— Cela ne vous regarde pas! répondit la Julietta; je cause avec monsieur... je cause d'affaires... vous n'avez pas besoin de vous en mêler... dormez.

— Suffit! dit le complaisant Anténor.

Et il se rendormit. Varillat était livide; il avait les poings crispés, les lèvres frémissantes; le dépit, la colère l'agitaient. Il y a de ces vengeances sommaires qui valent des vengeances préméditées... surtout à l'égard de certaines sortes de gens; une seconde il eut envie de se précipiter sur le couple impertinent et de le rouer de coups. Et peut-être la Julietta devina les menaçantes intentions du gros marchand dans l'éclair de sa prunelle, dans le tremblement convulsif de son corps, car elle reprit, en se dressant sur son séant :

— Allons, mon cher ami, croyez-moi, au lieu de m'en vouloir de... cet accident, sachez-m'en gré. Ce qui arrive aujourd'hui serait arrivé tôt ou tard, n'est-ce pas? Nous n'étions pas mariés ensemble. J'y perds plus que vous, car vous étiez généreux, je le confesse; vous n'aviez guère que ce mérite, mais vous l'aviez; cependant je ne me plains pas... je n'accuse pas le ciel... Je m'incline devant la chose jugée, comme on dit; faites-en donc autant. Bah! avec vos écus, vous en trouverez une autre aussi jolie que moi!

— Une autre! jamais! vocifera Varillat. J'en ai assez de ces amours vénales! de ces amours honteuses!

— Ah! si vous me dites des insolences, à présent, parce que j'essaie de vous consoler, vous n'êtes pas gentil!

— Enfin, vous avez raison, madame; le dédain est la seule arme qu'on doive employer avec une créature... de votre farine.

— *Une créature* est de mauvais goût... mais *votre fa-*

PARIS. — DECOSSE-CADOT, ÉDITEUR, 70 bis, RUE BONAPARTE. 132

LA FILLE A SON PÈRE

PAR HENRY DE KOCK.

En ce moment, Laurence et sa mère apparaissaient en haut du parc. (Page 13.)

rine a du chic. C'est assez littéraire, *votre farine*, pour un marchand de draps!

— Raillez, puisque vous êtes incapable de rougir, madame. Le marchand de draps vous méprise... et vous dit un éternel adieu!

— A la bonne heure! Mon Dieu, qu'est-ce que je vous demende, moi, au point où nous en sommes : de me dire un éternel adieu. Vous me l'avez dit! Au plaisir!

Varillat n'entendit pas ces derniers mots de sa maîtresse; il s'éloignait à grands pas. Sur sa route, il rencontra Augustine, qui riait dans sa collerette, — car, d'une pièce voisine, elle avait entendu toute la scène, — mais qui, en apercevant l'amant sérieux remercié, s'empressa de prendre une mine contrite.

— Tiens, lui dit-il en passant, tu vaux mieux que ta maîtresse, toi, petite... Tu voulais m'épargner une ignominie... Voici pour toi.

Et il lui jeta sa bourse.

Pour Julietta, Varillat n'était pas sorti de sa chambre, que l'expression moqueuse de son visage se dissipait.

— Si l'*on* n'est pas content de moi là-bas, murmura-t-elle, *on* sera bien difficile. Ce pauvre homme! Non, je ne l'aime pas; mais, c'est égal, quoique ce soit pour son bien et le bien de ceux qui l'aiment, ça m'a fait quelque chose d'être aussi... comment dirai-je?... Ah! il n'y a qu'un mot pour dire ça : d'être aussi... gueuse avec lui!

Augustine se glissait dans la chambre.

— Eh bien? lui cria la Julietta.

— Eh bien! il est parti, madame... Il est parti en me donnant dix louis. Les derniers que j'aurai de lui, hélas! le cher monsieur!...

— Bon! quelle heure est-il?

— Dix heures, madame.

— Je n'y suis pour personne; je vais essayer de dormir encore un peu. Va!

Quelques minutes après, la vierge folle s'était endormie, pour la première fois de sa vie peut-être, avec la conscience d'avoir fait une bonne action.

VIII

RETOUR DU PÈRE PRODIGUE.

— La coquine! la drôlesse! la brigande! Soyez donc aimable avec des femmes pareilles! ruinez-vous donc pour elles!... Je ne me suis pas ruiné pour celle-ci... non!... et heureusement!... Mais je lui en ai trop donné encore! C'est bien fait! A mon âge... dans ma position... est-ce que je devais?... Et c'est que je suis forcé d'avouer qu'après tout j'ai à me féliciter plutôt qu'à m'irriter de ce qui arrive!... Elle vaut mieux que la généralité de son espèce, cette fille!... Elle ne m'aime pas... et elle me le dit... c'est encore de la loyauté de sa part!... Non, certes, je ne la remplacerai pas! Merci! Assez de sottises! trop de sottises!... Ma pauvre Caroline!... Elle m'aime, au moins, celle-là!... Ah! parole d'honneur, quand je songe que, depuis trois mois, je la trompais pour.... C'est odieux! Oui, c'est odieux et c'est bête, car, malgré ses trente-huit ans, Caroline est aussi jolie encore que mademoiselle Julietta... plus jolie! Et elle n'a pas d'amants, ma Caroline... elle n'en aura jamais! Elle est à moi, bien à moi! Mon Dieu! et dire cependant que, si elle eût découvert... pour se venger, ma Caroline, elle aurait pu aussi... Non! non! elle est honnête, elle! elle est bonne!... Et c'est parce qu'elle est honnête et bonne, misérable, que tu la délaissais! Je veux la voir, l'embrasser tout de suite, ma femme... ma chère femme! Je veux embrasser aussi Laurence... ma fille... faire ma paix avec elle, avec son mari... Peuh! l'association Duhoux et Ducret... elle est loin, si elle court toujours, l'association Ducret et Duhoux! Où avais-je l'esprit? Mais ils avaient mille et mille fois raison, ces enfants, c'était idiot ce que j'allais faire, archi-idiot! Fonder une maison nouvelle... détourner une partie de ma fortune de son emploi légitime... normal!... Mais j'avais besoin d'argent pour gaver mademoiselle Julietta, je voulais en gagner... n'importe comment, de l'argent, voilà le véritable motif de cette autre sottise!... Ah! ah!... m'associer à un Duhoux... un sot et un méchant... et un incapable... et un envieux! A un Armand Ducret! il n'est ni méchant ni sot, celui-là, sans doute... Et encore! est-ce bien loyal, de sa part, étant reçu par ma femme, par ma fille, de m'avoir poussé... car, enfin, c'est lui qui m'a poussé... à jouer au libertin... au Richelieu!... Non, ce n'est pas loyal! je dirai plus... c'est ignoble! Allons, pas de fausse honte! J'ai eu tort; la brebis égarée rentre au bercail, pour ne plus le quitter. Ouf! il me semble que j'ai un poids de cinq cents de moins sur la poitrine!... C'est vrai qu'au lieu de la haïr, je devrais l'aimer, cette Julietta... pour m'avoir... — sans le vouloir, sans doute; mais le fait n'en existe pas moins, — pour m'avoir dessillé les yeux. Je lui enverrai un cadeau. Bigre! non! elle croirait que j'ai envie de retourner à elle! Eh! je lui enverrai un cadeau, sans me nommer. Restitution. Non, pas restitution... reconnaissance anonyme... Ah! ah! Quelle heure est-il? Dix heures. A midi je serai à Annet. Filons!

Un monologue qui vous représente, en abrégé, les réflexions et pensées qui se pressaient dans le cerveau de Léopold Varillat, au sortir de la maison de la Julietta.

Et, on le voit d'après les susdites pensées et réflexions, Laurence avait donc été bien inspirée en prenant la Julietta pour auxiliaire dans cette conspiration, qui, contre l'habitude des conspirations, avait pour but l'affermissement du pouvoir. Son père, — ou *la brebis égarée*, comme il s'intitulait évangéliquement, — allait réintégrer le bercail, et le réintégrer repentante de ses erreurs... de toutes ses erreurs! Tout s'enchaîne. Varillat, mauvais sujet, roulait sur une pente funeste; Varillat, rendu, par une vigoureuse leçon, à ses devoirs, reniait ses fautes et ses aspirations fâcheuses de la veille et reprenait à la fois le chemin du foyer domestique et le cours de ses honnêtes principes paternels et commerciaux. Le gros marchand de draps était revenu à l'embarcadère du chemin de fer de Strasbourg; à onze heures, il montait en wagon, déplorant que la machine qui l'emportait — au bercail — ne l'emportât pas plus vite! Mais son ami Ducret qui l'attendait pour déjeuner? Eh! il l'attendrait, son ami Ducret; voilà tout! Caroline et Laurence l'avaient attendu assez souvent, elles... — inutilement aussi! — et sans se plaindre.

Cependant la leçon n'était pas finie. D'abord, quand il arriva aux Tilleuls, Varillat éprouva un premier chagrin : sa femme et sa fille étaient absentes. Où étaient-elles? Les domestiques ne pouvaient le dire; tout ce qu'ils savaient, c'est qu'après s'être occupées toutes deux, depuis le matin, d'emplir des malles, de faire des paquets, ces dames étaient sorties ensemble. Des paquets! des malles! Varillat eut le cœur serré. Il était donc possible! sa fille, sa Laurence avait l'intention de quitter sa maison! Il s'était assis dans un petit salon; sa tête dans ses mains, il rêvait... il rêvait tristement...

— Monsieur?

— Qu'es-tce?

Madeleine Pivot, la nourrice de son fils, était devant lui.

— Ah! c'est vous, Madeleine!

— Oui, monsieur; les domestiques m'ont dit que vous veniez d'arriver, et...

— Est-ce que vous savez où sont ces dames, vous, Madeleine?

— Pas précisément, monsieur; cependant, je crois... il me semble avoir entendu dire à madame Malbranche qu'elle allait faire ses adieux à madame Drugeon.

— Ah!...

— Au reste, entre nous, monsieur, je ne suis pas fâchée que ces dames n'y soient pas... parce que... pour la chose que j'ai à vous communiquer, voyez-vous, il vaut mieux... oh! oui, certainement, il vaut mieux que ces dames n'y soient pas!... D'abord, devant elles, je n'oserais pas le dire!... Oh!... je ne l'oserais jamais!...

— La chose que vous avez à me communiquer? quelle chose?... Ah çà! mais je n'avais pas remarqué tout de suite... Qu'est-ce que vous avez donc, à la fin, Madeleine? Vous êtes tout émue! Victor est malade?

— Non, monsieur, non... Oh! de ce côté-là!... oh! M. Victor va bien et M. Paul itou!

— Ah! vous m'aviez effrayé avec votre mine bouleversée!... Alors qu'avez-vous à me dire que vous n'oseriez pas dire devant ces dames? Asseyez-vous, Madeleine, et expliquez-vous vite.

— Vite! vite!... C'est qu'au contraire... même avec vous tout seul... j'aurai bien de la peine encore en allant doucement!... Ah! mon Dieu! mon Dieu! mon Dieu!

La nourrice était tombée sur un fauteuil en poussant ces exclamations désolées... — moins désolées encore que l'expression de son visage.

— Ah! mon Dieu! répéta Varillat, mais vous m'inquiétez, Madeleine! Je vous en supplie derechef, expliquez-vous! Ce que vous avez à m'apprendre est donc bien grave?

— Oh! oui, monsieur!

— Et... si j'en juge d'après votre contenance... de nature à m'affecter?

— Ben sûr que ça ne vous fera pas rire... quoique... pas vrai, puisque ce n'est pas absolument ma faute?...

— Enfin! qu'est-ce?

— Eh ben! monsieur, avant tout, c'est-il vrai que madame Malbranche, votre demoiselle, doive s'en aller... aujourd'hui... à son à part, avec son mari?

— Il en a été question, oui; mais... quand cela serait... quand ma fille quitterait... mon toit... qu'en résulterait-il de si fâcheux pour vous?

— Pour moi, et pour vous, et pour elle, et pour monsieur son mari, et pour madame votre épouse, et pour Françoise Choisnet, aussi, il en résulterait, il en... — Ah! mon Dieu! mon Dieu! mon Dieu!...

— Qu'en résulterait-il, sapristi! ne geignez pas tant et parlez, Madeleine!

— Je parle, monsieur! je parle! Vous savez bien votre fils et votre petit-fils, là?

— Victor et Paul!... que leur est-il arrivé?

— Il leur est arrivé... il faut bien que je le dise, puisqu'on veut les séparer, ces chérubins!... Il leur est arrivé que nous ne savons plus, Françoise et moi, lequel qu'est Victor et lequel qu'est Paul!

— Hein! vous plaisantez, Madeleine, et ce n'est pas le moment!

— Oh! que nenni, que je ne plaisante point, monsieur!... Ah! ben!... j'aimerais mieux plaisanter! Voilà comment ça s'est passé, monsieur: vous me tuerez après, mais il n'y a plus à barguigner, vous saurez tout.

— Mais il y a une heure que je ne demande qu'à tout savoir!

— Bon! Alors donc... — oh! c'est que ça remonte haut!... pardi! si ça ne remontait pas haut!... — alors donc, pas vrai, que madame Varillat et madame Malbranche, et vous et M. Malbranche, vous étiez contents de les voir ensemble dans le même berceau, ces chers petits, nés le même jour; de les voir habillés pareils... tout pareils?...

— Sans doute! Et puis?

— Et puis qu'il n'y avait que la marque de leur layette, quand ils venaient de naître, qui les distinguait... puisque c'est deux garçons?

— Oui; après?

— Après! Tuez-moi, monsieur...: mais ils n'avaient pas trois semaines que je les ai mêlés, ces amours du bon Dieu!

— Mêlés!

— Eh! oui! que j'ai fait la gaucherie de mêler leurs langes, leurs brassières, leurs bonnets, et que, depuis, comprenez-vous? nous ne sommes plus capables, moi et Françoise, de dire qui que c'est qu'est M. Paul et qui que c'est qu'est M. Victor.

— Allons! vous vous moquez, je le répète, Madeleine! Si vous vous y trompez, vous, entre mon fils et mon petit-fils, moi je ne m'y trompe pas!... non plus que ma femme... et ma fille... et mon gendre!

— Ah! oui-dà! En ce cas, monsieur, si vous vous croyez plus malin que moi, qui depuis cinq mois n'y reconnais plus rien, tant mieux pour vous! n'en parlons plus! J'ai dit ce que j'avais à dire; ma conscience est nette.

Varillat s'était levé, frappé quoi qu'il en eût. Le récit de la nourrice était bizarre; l'aventure était invraisemblable: ces deux enfants dont on ne pouvait plus distinguer l'individualité. Mais, à tout prendre, c'était possible! Se ressemblant comme ils se ressemblaient — et, ainsi que l'avait dit Firmin Dulioux, on se fût ressemblé de plus loin, — il n'y avait rien d'extraordinaire à ce que, peu de jours après leur naissance, par l'effet d'une confusion fatale dans les objets de leur layette, on eût cessé de donner à chacun d'eux son véritable nom.

— Venez, venez, Madeleine! s'écria Varillat.

Et il se précipita au dehors, et il courut, d'une traite, jusqu'au berceau où dormaient les deux enfants sur la pelouse. Il était sûr, tout à l'heure, de dire, sans se tromper: « Voilà mon fils, et voilà mon petit-fils! » En face de l'oncle et du neveu il demeura muet. Ils se ressemblaient tant!... Pourquoi celui que, depuis l'erreur commise, il appelait Paul, n'était-il pas Victor? Et *vice versa*.

— Oh! murmura-t-il, mais c'est cruel, cette position!

— Hélas! fit Madeleine.

— Hélas! fit Françoise, qui tricotait près des berceaux.

En ce moment Laurence et sa mère apparaissaient en haut du parc.

— Quoi qu'il en soit, malheureuses, reprit Varillat, interpellant, à demi-voix, les deux nourrices, pas un mot de ce mystère terrible à un autre que moi!...

— Mais, hasarda Madeleine, si madame Malbranche veut emporter son fils, pourtant, il faudra bien lui apprendre...

— Rien! Ma fille reste avec moi et avec sa mère... ma fille ne nous quitte pas! ma fille ne nous quittera jamais!...

— Oh! en ce cas, c'est différent, monsieur! Du moment que les petits ne sont pas séparés... c'est trop juste, il n'y a pas besoin de rien dire à ces dames! Au bout du compte, n'est-ce pas? fils ou petit-fils pour l'une, frère ou fils pour l'autre, c'est toujours leur sang à toutes deux!

Varillat n'écoutait plus Madeleine, il courait à sa femme et à sa fille et, les étreignant, à la fois, toutes deux, dans ses bras palpitants :

— Je ne m'associe plus à Duhoux et à Ducret... leur criait-il, entremêlant chacune de ses paroles d'un baiser, je reste avec vous... je vous aime... je n'aime que vous... et Claude! Nous ne nous quittons pas! Claude continuera de faire marcher la maison... moi, je flânerai... mais je flânerai avec toi, toujours avec toi, ma bonne Caroline! Si je veux gagner de l'argent... de mon côté... pour Victor... et pour Paul... pour Paul et pour Victor... je me remettrai à travailler, de temps en temps, avec Claude. Je vous aime! je ne vous chagrinerai plus! Je suis heureux, je ne veux... je ne peux être heureux que près de vous!

IX

CONCLUSION.

Notre histoire — une histoire bien simple... trop simple, trouvez-vous, peut-être, lecteur, — se termine en quelques lignes. Laurence et Claude n'avaient, comme bien vous pensez, jamais eu la pensée de quitter leur père, même coupable... A plus forte raison se rapprochèrent-ils de lui quand ils eurent l'assurance qu'il était radicalement guéri de ses erreurs... On défit immédiatement les malles et les paquets. Ce qui ne fut ni long ni difficile, d'ailleurs, vu qu'on ne les avait faits que pour la forme. Quand Claude arriva, à cinq heures, tout le monde riait, aux Tilleuls... en pleurant; une douce manière de rire. Claude rit et pleura avec tout le monde.

Mais Duhoux? Le lendemain, Varillat lui écrivit, tout laconiquement, qu'il avait réfléchi : qu'il ne s'associait plus avec lui... Non plus qu'avec Ducret, au reste.

Mais Ducret? Ah! quant à Ducret, ce fut différent. Avant que Claude rentrât, à la suite de la scène des baisers, de la pluie de baisers avec son père, Laurence, prenant ce dernier à part, lui dit :

— Père, veux-tu me rendre tout à fait contente?

— Parbleu! ordonne, ma chérie.

— Je n'ordonne pas, je prie. Tiens-tu bien toujours à l'amitié de M. Ducret?

— Plus du tout!

— Alors, tu m'autorises donc, moi qui le déteste, à en agir à son égard comme il me conviendra.

— Fais! fais!... Mais, — ce n'est pas pour t'empêcher d'agir à ta guise, remarque-le bien, fillette, c'est pour m'instruire; — mais pourquoi détestes-tu tant Armand Ducret, toi?

— Si je vous le dis, vous ne m'en laisserez pas moins libre de vous dégager de toutes relations avec ce monsieur?

— Je te le jure.

— Je prends acte de votre serment, père. Eh bien, je déteste M. Armand Ducret parce qu'il m'aime... et que c'est parce qu'il m'aime et ne sera jamais aimé, qu'il a voulu nous faire du mal à tous. Inutile de vous donner des explications, père. Mais vous pouvez m'en croire : M. Ducret ne vaut pas mieux que Firmin Duhoux. Il vaut moins peut-être!

Varillat serra la main de sa fille.

— Je ne te demande pas d'explications, mon enfant, dit-il; j'ai juré... et je ne le regrette pas; tu as carte blanche : débarrasse-nous d'Armand Ducret comme tu voudras.

Laurence n'employa qu'un moyen pour se débarrasser d'Armand Ducret : celui dont elle lui avait parlé à lui-même. Le même jour, également, lorsque, surpris de ne pas avoir vu son ami, le matin, Armand Ducret se présenta aux Tilleuls, le concierge du château, qui avait reçu des ordres en conséquence, lui barra le passage :

— *Monsieur, et sa famille, ne recevaient et ne recevraient personne de tout le reste de la saison.*

Armand Ducret fronça le sourcil, pâlit... Chassé! il était chassé! Comment Laurence l'avait-elle emporté si vivement et si victorieusement sur lui dans la lutte? C'était là un problème qu'il lui était impossible de résoudre. Quoi qu'il en fût, il n'était pas homme à s'incliner sans appel devant sa défaite; une défaite aussi inopinée que honteuse!

— Ah! c'est ainsi, fit-il en s'éloignant, la rage au cœur, des Tilleuls, vous triomphez, ma belle ennemie!... C'est bien; nous aurons notre revanche.

Disant ces mots, Armand Ducret, au lieu de s'acheminer vers la gare pour retourner à Paris, se dirigeait vers le village d'Annet. Il n'y avait qu'une auberge à Annet, une seule, et assez mauvaise... Mais le lieu importait peu à Ducret, pourvu qu'il y pût passer la nuit. Il prit une chambre dans cette auberge, y dîna et y coucha. Au petit jour, il était sur pied, écrivait quelques lignes à l'adresse de Varillat, et, son gîte et son dîner payés, il regagnait les Tilleuls, non par l'entrée principale cette fois, l'entrée donnant sur la rivière, mais du côté de la grille du parc ouvrant sur le village, et contre laquelle était située l'habitation du jardinier. Thomas Dory, le jardinier, se levait justement, il était à sa fenêtre, lorsqu'il aperçut, au dehors, l'ami de son maître.

— Tiens! s'écria-t-il, monsieur Ducret! Ah bon! par exemple, en voilà une drôle! Vous n'avez donc pas couché au château, monsieur?

— Non, mon bon Thomas, non, je n'ai pas couché au château, j'ai couché à l'auberge.

— Bah! et à cause?

— Ouvre-moi et je te dirai cela chez toi.

Le jardinier s'empressa d'obtempérer au désir du Parisien. Assis dans la salle basse de la maisonnette :

— Mon cher, dit Ducret, les raisons qui m'ont contraint à ne pas user, comme d'habitude, de l'hospitalité que

M. Varillat m'accorde à titre d'ami... de son meilleur ami... ces raisons seraient trop longues à t'expliquer. Est-ce que, par hasard, d'ailleurs, au lieu d'écouter des choses qui ne t'intéresseraient pas, tu n'aimerais pas mieux gagner ceci?

Armand Ducret présentait cinq napoléons au paysan.

— Hein! cent francs! s'écria ce dernier en bondissant de joie au plafond; je puis gagner cent francs... comme ça? Ah! ben, là, vrai, en voilà une journée qui a un fier début!... Et qu'est-ce qu'il faut que je fasse pour avoir le droit d'empocher ces jaunets?

— Rien que de très-facile. Il faut que tu t'arranges en sorte de parvenir tout de suite jusqu'à M. Varillat et de lui remettre un billet... sans que personne se doute au château de l'objet de ta démarche. Tu conçois? il s'agit d'une affaire... particulière... entre M. Varillat et moi. Une surprise que nous ménageons à sa femme et à sa fille. Alors...

— Alors, ça ne me regarde pas, moi, cette affaire. Ce que vous me demandez, en échange de cet argent, c'est de remettre cette lettre à notre maître... Eh ben... il est un brin matin pour entrer au château... mais, bah! en prenant par la cuisine... la cuisinière se lève de bonne heure, elle! ..

— Bon!

— Et puis, j'ai mon prétexte... oh! j'ai mon prétexte, si je rencontre madame Malbranche! — Oh! c'est qu'elle est matinale, elle aussi!...

— Je le sais.

— M. Varillat s'occupe de plantes... ça l'amuse, cet homme! Il est toujours à me questionner sur ce qui pousse... sur ce qui ne pousse pas dans les serres. Vous voyez cette bouture de *mamillaria*, dans ce pot? C'est une cactée à fleurs tubuleuses...

— Je saisis. Tu lui portes ton *mamillaria* au lit?

— Juste! soi-disant que c'est une plante rare... susceptible en diable... que j'ai eu une peine de chien à élever...

— Bravo!.. Va donc! Voici la lettre et les cinq louis.

— Merci, monsieur. Je prends le cactus. — Et vous restez ici, vous?

— Sans doute, puisque j'y donne rendez-vous à M. Varillat.

— Ah!

— Cela te gêne?

— Du tout! Oh! vous pouvez rester! ma femme dort encore... elle ne se lève pas avant sept heures, elle; elle ne vous dérangera pas. Et puis elle vous connaît. — Je me sauve!

— Sauve-toi.

Varillat dormait paisiblement quand une grosse main, secouant la sienne, l'éveilla en sursaut. Il fixa des yeux ahuris sur Thomas Dory debout devant lui, son cactus sous le bras.

— Hein! quoi?... qu'y a-t-il?

— Chut! ne criez pas, monsieur! Réveillez-vous à la douce! Faut pas qu'on sache... — C'est de la part de votre ami, M. Armand Ducret.

— M. Armand Ducret? qu'est-ce qu'il a fait, M. Armand Ducret?

— Ce qu'il a fait, je n'en sais rien, mais il est cheux nous, et v'là un papier qu'il m'a chargé de vous remettre en cachette.

— Un papier?

— Chut! lisez d'abord, monsieur, vous comprendrez après; ça vous viendra en lisant, quoi! Je sais ben que, quand on se réveille avant son heure, on a les idées tout embarbouillées... mais ça se débarbouille. — Il attend la réponse pour la chose en question, à ce qu'il paraît, M. Ducret.

— Ah! il attend la réponse!

Ainsi que le disait fort judicieusement Thomas Dory, le fait est que Varillat, brusquement arraché au sommeil, n'avait pas encore les idées bien nettes. Peu à peu, cependant, la lumière se fit dans son esprit; il se souvint... Et, en se souvenant, il s'étonna de ce qu'Armand Ducret, à qui il avait fait fermer sa porte la veille, d'accord sur ce point avec Laurence, lui envoyât le matin son propre jardinier, à lui Varillat, comme messager. Enfin, d'après le conseil, très-logique encore, de Dory, la lettre lui expliquerait sans doute ce qu'il ne comprenait pas; il la décacheta donc; il la lut; et, en la lisant, il est à croire qu'il comprit, car il fronça le sourcil. Voici ce qu'Armand Ducret avait écrit à Varillat :

« Si vous n'êtes pas le dernier des couards, si vous n'avez pas peur d'être fouetté, comme un enfant, par madame votre fille, madame votre fille qui vous a conseillé, — ce ne peut être qu'elle, — de rompre avec moi comme on ne romprait pas avec un homme qui vous aurait volé votre bourse dans votre poche, vous viendrez où je vous attends me dire en face en quoi j'ai mérité que vous vous conduisiez si grossièrement à mon égard. J'ai passé la nuit exprès à Annet pour avoir cette entrevue avec vous ce matin. J'aime à espérer que ce ne sera pas en pure perte et que vous me prouverez que vous n'en êtes pas encore réduit, par madame Malbranche, à marcher en lisières! »

— Alors M. Armand Ducret est chez toi? dit, d'une voix que la colère faisait vibrer, Varillat, à son jardinier, après avoir pris connaissance de cette impertinente épître.

— Oui, monsieur, oui; j'ai apporté ce *mamillaria* pour...

— C'est bon! retourne lui annoncer que je suis à lui dans cinq minutes. Allons, va! Va donc, animal!

— Oui, monsieur.

Thomas Dory s'éloignait... Varillat sauta à bas de son lit. Comme tous les gens lymphatiques, Léopold Varillat avait ce qu'on appelle des colères *blanches*, la plus mauvaise espèce de colère. Le ton railleur du billet de son ex-ami l'avait exaspéré; il ne se disait pas que, somme toute, ce ton était justifié par l'insulte faite à celui qui avait signé ces lignes; Armand Ducret l'appelait *couard*, Armand Ducret affectait de supposer qu'il avait peur d'être *fouetté par sa fille*...

— Ah! murmurait le gros marchand en s'habillant précipitamment, je m'en vais lui montrer, à ce monsieur, que, tout bon enfant que je suis d'ordinaire, je ne souffre pas qu'on me traite comme un gamin! Il m'invite à lui parler *en face!*... En face tant qu'il voudra! Elle est trop forte! Vous verrez que je ne serai pas le maître ne ne plus recevoir une personne... qui ne me plaît plus!... En résumé, monsieur Ducret, vous n'êtes pas mon parent! Je me suis conduit grossièrement à votre égard... Ça n'est pas vrai! On a dû vous dire... très-poliment... que j'étais obligé de renoncer à nos relations. Si ça vous fâche, je m'en moque, mais je vous défends de m'écrire des insolences! Ah! mais, oui, je vous le défends!

Sa toilette était tant bien que mal achevée, Varillat allait s'élancer hors de sa chambre... Tout à coup il poussa une exclamation... Laurence était sur le seuil de cette chambre.

Nous savons, comme Armand Ducret et Thomas Dory, que, par goût, Laurence se levait généralement de bonne heure. Elle dormait peu, et cette nuit-là surtout, qui avait suivi le fameux coup d'Etat mis à exécution par ses soins aux Tilleuls, cette nuit-là,—comme le chagrin, la joie agite, — Laurence avait à peine clos la paupière.

Quand Thomas Dory avait traversé le corridor où s'ouvrait la chambre de Varillat, on conçoit donc qu'en dépit de la peine qu'avait prise le paysan pour assourdir ses pas, la jeune femme en eût distingué le bruit; un soupçon la frappa aussitôt; elle se leva, passa en toute hâte un peignoir, chaussa des pantoufles, et monta sur la pointe du pied derrière Thomas Dory qu'à travers la porte elle entendit parler à son père. Elle laissa s'éloigner le jardinier... Maintenant nous la voyons en face de Varillat.

— Tiens! fit ce dernier, c'est toi!...

— Oui; où allez-vous de si grand matin, père?

— Hein? je vais... — C'est Dory qui a une fleur rare à me montrer.

— Ah!... est-ce bien une fleur? Une vilaine fleur, alors, car vous êtes tout pâle.

— Comment! je suis pâle!...

— Allons, mon père, n'essayez pas de me tromper. M. Armand Ducret vous a écrit... il vous attend quelque part; chez le jardinier sans doute? Voulez-vous me montrer sa lettre?

— Eh! au fait, pourquoi ne te la montrerais-je pas? Oui, M. Armand Ducret m'a écrit. La voici, tiens, sa lettre. M. Ducret est un drôle que je vais calotter, s'il continue de m'asticoter. Ah! mais, c'est que ça ne pèsera pas une once!

Laurence avait lu la lettre.

— Je vais avec vous parler à M. Ducret, dit-elle.

— Quoi! tu veux...?

— Vous me le défendez?

Varillat hésitait à se prononcer.

— C'est moi, poursuivit Laurence, qui vous ai engagé à renoncer à... son amitié; c'est à moi à essuyer sa révolte... puisqu'il se révolte.

— Mais c'est que...

— Vous redoutez qu'il ne pense que vous aviez peur de lui? Avez-vous peur de lui?

— Par exemple!...

— En ce cas, venez donc, père, et laissez-moi, sans vous soucier de l'opinion de ce monsieur, achever ce que j'ai commencé.

Quand il ne comptait que sur une personne, en voilà deux déjà qui se rendaient au rendez-vous d'Armand Ducret. Et ce n'est pas tout! Par hasard, lui qui dormait si bien d'ordinaire, Claude Malbranche avait ouvert les yeux au moment où sa femme s'était levée... Mi-endormi encore, mi-éveillé, il avait vu la jeune femme, l'air soucieux, se coiffer à peu près, passer un peignoir, et sortir; il l'avait entendue se diriger vers la chambre de son père. Nous ne saurions expliquer pourquoi tout cela provoqua chez notre mari une inquiète curiosité. Que se passait-il? pourquoi Laurence paraissait-elle soucieuse? qu'allait-elle faire chez son père? Claude se leva à son tour. Tandis qu'il s'habillait, il entendit le père et la fille traverser le couloir; par une fenêtre, dont il souleva le coin d'un rideau, il les vit descendre le perron et s'acheminer vivement vers le haut du parc.

— Où vont-ils? Il y a quelque chose, décidément, pensa-t-il. Qu'est-ce?... Je veux le savoir... et je le saurai!...

En deux bonds il fut dans le parc; prenant par un sentier couvert, pour ne pas être aperçu, il suivit sa femme et son beau-père... Il arriva, à vingt-cinq pas derrière eux, près de la maison de Thomas Dory. Mais, lorsqu'ils entrèrent dans cette maison, eux, force lui fut, à lui, de s'arrêter près de la porte refermée. Au moins il pourrait entendre. Il s'approcha; il écouta. La voix d'Armand Ducret!... l'ennemi était là!...

— Ah! ah! disait Armand Ducret d'un ton moqueur, madame Malbranche avec son père! Décidément, mon pauvre Varillat, j'avais raison de vous dire qu'on vous tenait en lisières!...

— Monsieur! fit Varillat.

— Mon père, interrompit Laurence, d'une voix grave, ne répondez, je vous prie, aux insolences de ce monsieur que par le mépris. J'avais dit à monsieur, — et il doit se rappeler dans quelles circonstances, — que je le ferais exclure d'une maison où il avait dessein de semer le trouble et le malheur... J'ai tenu ma promesse. Maintenant, que veut monsieur?

— Je veux, répliqua Armand Ducret, d'une voix altérée, demander raison à M. Varillat de l'insulte qu'il m'a faite en me chassant sans motifs de chez lui.

— Sans motifs!... reprit Laurence; mais vous savez bien que si, monsieur, qu'il y a des motifs... et de sérieux. Quant à ces mots, *demander raison*, qu'entendez-vous par là?

— Mais ce que tout le monde entend, je suppose, madame.

— Vous voulez vous battre avec mon père?

— Pourquoi non?

— Eh bien, soit! nous nous battrons, monsieur, s'écria Varillat.

— Non, mon père, non, vous ne vous battrez pas; on ne se bat pas avec un méchant homme!

— L'excuse est commode! dit Ducret.

— Elle est juste, monsieur, reprit Laurence, et ce qui le serait beaucoup moins de votre part, ce serait, n'ayant pu faire le mal... comme vous l'entendiez... d'essayer de jeter le deuil parmi nous.

— Eh ! madame...

— Laisse, Laurence ; laissez, père ; si monsieur tient tant à se battre, me voici, moi, tout à ses ordres... Seulement, avant d'aller sur le terrain avec moi, je conseillerai à monsieur d'être avare de ses insolences, car, c'est commun, c'est peuple, mais je suis solide et j'en use au besoin. Au premier mot plus haut que l'autre qu'il se permet, j'en jure Dieu, je brise la figure de monsieur d'un coup de poing !

C'était, on n'en a pas douté, Claude Malbranche qui venait de se mêler, à sa façon, à l'orageuse entrevue de Varillat et sa fille avec Armand Ducret. Laurence devint pâle à l'aspect de son mari faisant irruption tout à coup dans la salle où avait lieu cette entrevue... Cependant elle ne proféra pas une parole.

Claude Malbranche s'était posé, les bras croisés, devant Armand Ducret. Chose étrange ! Armand Ducret était aussi brave que qui que ce fût : cependant il eut peur en cet instant. C'est que, il ne l'ignorait pas, sans en tirer vanité, Claude Malbranche était, en effet, d'une force physique au-dessus de l'ordinaire. Ducret l'avait vu un jour corriger, sans se gêner, sur la place d'Annet, deux paysans qui s'étaient permis une grossièreté à l'égard de sa femme et de sa belle-mère. Oui, il eut peur... il eut peur ; si bien que cet homme, tout à l'heure si railleur, si amer, se courba honteusement, platement, devant celui qu'il reconnaissait pour son maître. Pâle, bégayant :

— En vérité, dit-il, je suis désolé, désespéré que... Mon intention n'était pas... Je n'avais pas prévu que cette discussion prendrait ce caractère... J'ai eu tort... j'ai eu tort, je le reconnais, d'insister, puisque Varillat... En tout cas, je répare ma faute, puisque je m'éloigne... pour toujours... Je vous salue, madame ; messieurs...

Armand Ducret avait gagné la porte... il l'ouvrit... Malgré lui, Claude Malbranche fit un pas pour le retenir... Mais une main se posa sur le bras du jeune mari, une voix murmura à son oreille : Je t'en prie ! Claude regarda sa femme, sourit et resta.

Armand Ducret avait disparu. Il y eut un silence entre le père, la fille et le gendre ; le silence de l'étonnement... l'étonnement d'un dénouement inattendu. Ce fut Varillat qui reprit la parole le premier. — Et pas pour longtemps.

— C'est égal, dit-il, ce M. Ducret...

— M. Ducret est loin, interrompit Laurence ; nous ne reverrons plus M. Ducret... pourquoi nous occuperions-nous encore de lui ?

— Tu as raison ! s'écria Varillat.

— Tu as raison ! s'écria Claude.

Et, en effet, on ne parla plus jamais, mais jamais, aux Tilleuls, de M. Ducret... pas plus que de Firmin Dulioux, qui eut le bon esprit de n'y point remontrer son vilain nez.

Et l'histoire débitée par la nourrice à Varillat ? L'histoire des bébés mêlés, du frère et de l'oncle, du fils et du petit-fils, du fils et du beau-frère confondus, c'était une facétie de Madeleine Pivot, n'est-ce pas ? Parbleu ! elle le confessa de son chef, quand elle vit la famille d'accord. Et madame Varillat, et Claude, et Laurence, en rirent beaucoup avec Varillat.

— Mais quelle idée, demanda-t-on à Madeleine, d'avoir inventé ce conte ?

— Dame ! répondit-elle, ça m'obstinait de vous voir vous bouder... j'ai fait ce que j'ai pu pour vous raccommoder ! Et tout de même que notre maître a donné un moment dans la nasse !

— Il est certain, répliqua Varillat, que, plutôt que de perdre mon fils en me séparant de mon petit-fils, j'aurais préféré les garder à perpétuité près de moi tous les deux !...

Derniers renseignements : trois mois plus tard, à l'approche du jour de l'an, la Julietta reçut deux cachemires de deux mille francs chacun ; l'un, anonyme... l'autre, accompagné de ce mot, signé de cette initiale : « *De la part de l'amie, qui n'oubliera pas et qui espère que, si l'on a jamais besoin d'elle, on lui prouvera qu'on n'oublie pas non plus,* L. » La Julietta a vendu le premier cachemire ; elle dit qu'on l'enterrera dans le second.

FIN DE LA FILLE A SON PÈRE.

Dans le prochain Numéro

LES

ROMANS POUR TOUS

COMMENCERA

SURCOUF

PAR

ERNEST CAPENDU

DESSINS ET GRAVURES PAR D'EXCELLENTS ARTISTES

L'OUVRAGE SERA COMPLET EN 7 LIVRAISONS A 10 CENTIMES.

Paris. — Hippolyte Cadot, éditeur, 70 bis, rue Bonaparte. [illegible] — Imprim. Sobert, rue Soufflot, 16.

www.ingramcontent.com/pod-product-compliance
Ingram Content Group UK Ltd.
Pitfield, Milton Keynes, MK11 3LW, UK
UKHW021520260726
13993UKWH00004B/1785

9 782329 172316